悄悄成为你的影子

陈秀铭◎著

中国言实出版社

图书在版编目(CIP)数据

悄悄成为你的影子 / 陈秀铭著 . —— 北京 : 中国言实出版社 , 2022.10
ISBN 978-7-5171-4080-1

Ⅰ . ①悄… Ⅱ . ①陈… Ⅲ . ①诗集 – 中国 – 当代
Ⅳ . ①I227

中国版本图书馆 CIP 数据核字（2022）第 179414 号

悄悄成为你的影子

责任编辑：张馨睿
责任校对：郭江妮

出版发行：中国言实出版社
　　地　　址：北京市朝阳区北苑路180号加利大厦5号楼105室
　　邮　　编：100101
　　编辑部：北京市海淀区花园路6号院B座6层
　　邮　　编：100088
　　电　　话：010-64924853（总编室）　010-64924716（发行部）
　　网　　址：www.zgyscbs.cn　电子邮箱：zgyscbs@263.net

经　　销：新华书店
印　　刷：北京虎彩文化传播有限公司
版　　次：2022年9月第1版　2022年9月第1次印刷
规　　格：710毫米×1000毫米　1/16　15.75印张
字　　数：150千字

定　　价：58.00元
书　　号：ISBN 978-7-5171-4080-1

自序

  我觉得，我们每个人都有自己的璀璨与明艳，每个人心里都怀揣一片属于自己的春天。在我们的胸中，总备份着一腔难以圈存的奔放，如大海一样澎湃汹涌，时时撞击着我们不甘沉寂的心。无论你是否有意识地去感知，也无论你是否有目的地手持一帘幽梦当空舞，在灵魂的深处总有那么一股暗流涌动的激越，在不懈地寻觅一处蛰伏的破点待机萌发，只是我们的习性又往往被随遇而安的低调招降，被动地任其在时光流逝的无奈中荏苒。如果我们把阅历中积淀的隽秀丽媚晾晒风干，让心中爱的萌芽在静默中枯萎，那么我们的一汪诗心将成为死去的精灵，仅作醒悟后的追忆与凭吊，如此，待明日我们无论获得多么丰厚的慰藉，最终也只能与感悟作别。

  春天来了，裹挟着浓浓的诗韵，渐渐地，生灵万物浸滋了觉醒后的焕发，把泪比作雨，把爱慕比作星星，把心潮起伏比作舞，把轻吟比作歌声，这就是诗固有的风流倜傥的潇洒，这就是诗与生俱来的浪漫。让我们每一位受众顶戴一缕晨曦，共赏淋漓尽致地描绘在洁白的纸笺上的爱，让我们以纸作会晤的桥，让我们每一位愿与诗际遇的人在这座绰约温婉的纸桥上相逢。

  我们珍惜如梦如幻的年华，假借春花秋月，跃然临摹杨柳轻风，用春天清莹的诗灌满我们的胸臆，不再顾忌似醉如痴，不徒让时光河枉流一地月色。我们不是非要达到越过文字越过琴弦越过红尘越过空间灵性的彻悟，而是从生活中抽丝剥茧，凝练出唯美与恬淡。我权且掂起笔，诉说了正在流逝的跌宕起伏的过往，用诗的语言抒发，把苍茫与悲凄和着春光的明媚酝酿出心底的五彩缤纷。让我们托举一株破土萌芽的希冀，与洒满霞色的诗情画意牵手，诗与爱同根，诗心与爱情共生。世上唯爱，能长命百岁，我借诗向伟大的爱叩首。

亲爱的，或许你与诗缘浅情薄，迈着迟疑的脚步，怯生生在懵懂中与诗相逢，我愿扯着你的衣袖走向充满爱的诗苑，让你在这本诗集里品尝晴雨，体验沉浮。

让我们共同怀着一颗虔诚的心蘸着涌动的诗情去触摸春深似海。

诗属于我，也属于你；春天属于诗，诗也属于春天。

陈秀铭

2022 年 8 月

目　录

我是风

我是风

从遥远的天际来

拂着柳丝

携着云彩

我是雨

从天空的云上飘来

掺着温润

敞着惆怅的心怀

这是春天的风

这是春天的雨

不然怎能让人在这萧瑟的风雨中

仍持如诗的心　澎湃感怀

我爱这和风细雨

有谁与我共赏

共同在这风雨亭下　把盏畅饮

把难解的心事

悄悄打开

听雪的心跳

把双手伸出窗外

迎接飘飘洒洒的雪花

那雪花如一颗颗陨落的星星

落满了我通红的双手

片片是一粒粒晶莹剔透的心

捧给了你　你笑了

脸上那抹淡淡的红云

被漫天白雪映衬得更加温婉

你也把手伸出窗外

去捧那六棱雪花

瞬间融化的雪水

从指缝里渗落

那是捂不住的心潮

我们一起望着斯斯文文的飘雪

静静地听雪的心跳

似乎感知到那颤动的音符

要把两颗冬眠的心唤醒

在雨中

小雨　纤细如雾

柔婉如孺婴啼哭

思绪　在雨中起起伏伏

激情　就要喷薄欲出

在雨中

痴迷地走

滚烫的心

在魔咒中漫步

又在蓦然中驻足

头发　滚落着雨珠

衣裳　紧贴着肌肤

暗恋的疏影

在晶亮的雨丝里恍惚

伸手触摸又似有似无

被雨打湿的倩魂

裹挟着清凉的情愫

默默地　一个人

踯躅在雨中

只是　我怎么掀也掀不开

蒙蒙细雨织成的

挡在眼前的雨幕

你带去了整个春天

向风儿挥了挥手

妩媚的长发不再缭乱

向乌云挥了挥手

再无零星的雨滴飘落心田

向梦魇挥了挥手

告别了惶惑与无助

向季节挥了挥手

漫山开遍了红杜鹃

我不该

也向你挥了挥手

你转身走了

带去了整个春天

只要能跟你去远方

只要　能跟你去远方

我会折叠起所有的奢望

前行　紧牵你的衣袖

累了　就躺在绵绵的青草之上

斜靠着你的肩膀

只要　能跟你走得很远很远

不管前边是秋的私语

还是春的畅想

只要　能跟你走得很远很远

不管前边是风雨交加

还是艳阳绽放

只要　能跟你走得很远很远

不管前边是苦难满枝

还是笑得轻响

只要　能跟你走得很远很远

不管结局是恋的地狱

还是爱的天堂

独语

你马儿的蹄尘飞扬在漫空

从此你的音讯也随着飘落的尘埃慢慢散去

八百里长路　你我异处飘零

谁又能说得清　隔断我们的是一种什么样的距离

思绪的刃　常穿透静谧的蒙影

折不断的暮鼓声声　总惊醒梦中的凄迷

无论飞马扬鞭的潇洒如今是不是已经腐死

我心中总有一颗不朽的灵魂在酝酿怀旧的诗句

如果追忆与缠绵也是幸福

我甘愿在一万个难眠之夜

轻轻独语

在小径的深处

一个人

走在月光下

独自思量

一缕清风

吹乱了平静的思想

忽听前方喧闹声声

借着月色撩开柳丝向远处张望

原来

在小径的深处

几位亭亭的女子红飞翠舞

差遣风儿

送来一串

笑声朗朗

前世有一个约定

你轻轻地走来
款款的步
像雾
又像风
路边的紫薇
都情不自禁与你含笑相迎
等你已等了一万年
玫瑰的芳香远不及等你情浓

你轻轻地走来
纤纤腰肢
像舞
又像细雨生
你端庄优雅
好比荷花临水照影

你轻轻地走来
云鬟雾鬓
像摇曳的一树秋凉
又像飘在蓝天里的一只
挂满相思情的风筝
你仪态万方

是风姿绰约满满的长卷刻意尘封
又瞒不住阅读人的眼睛

你轻轻地走来
明媚的目
像水
又像一帘幽梦
身后是你留下的一路花香疏影
前方有一棵相思树
不知前世里
是不是与你在此
有一个约定

悄悄地望着你

你怀着一丝羞涩　我们俩并肩前行

走向那你不曾与我一起浏览过的斑斓灯火

你还不熟悉我呼吸的气息

缓缓地睇视着我的脸

我悄悄地望着你的眼睛

你长长的空心的睫毛

你浅浅的笑

像云丝一样掠过

真想把你的倩影缝制在黄昏后的群岚

那样即使你逡逡归去

也仿若时时与你偎依

我静静地守望着

不敢触碰你那纤细的姿

怕乱了你明净的心空

这是充满温润梦幻的日子

那又是怎样一种风柔

我是一棵静静的树

我是一棵静静的树

站在你平日里必经之路

只要每天看你从身旁走过

我心就不会枯

我盼着某一天

你会捡起我羸弱的残叶

感知想念的温度

或者某一日骄阳似火

你会在我身旁庇荫驻足

可你走过了千遍万遍

从没有得到你一次的凝眸

我从收割盼到播种

从花开盼到秋熟

你的漠视

成了我最大的酸楚

你什么时候才能明了我的执着

是为了赢得你的一分感悟

捕获

不小心被你捕获了我痴迷的眼神

只能无奈地向你举起羞怯的白旗

你笑了

笑得那么灿烂　那么羞怯　那么悄然　那么媚丽

你并没有缴我的械

你一如既往

真诚地感谢

你没有诘问且对谁都没有讲

你只是把我难以为情的目光

深深掩藏在谁也发现不了的　你灵魂的深处

有月　有风

有月

有风

今天的日记里

我将浓墨重彩

描绘即将逢遇的风情万种

花为媒

我在等待

茫茫人海里

闪现今晚初次相会的影

我祈祷

孤零

成终

初恋

你依偎着我稚嫩的心

我紧靠着你的倩影

肩并肩走在崎岖的小径

鸟儿唱　松涛鸣　阳光和煦

洋溢着温润的风

这一日

镌刻在生命里

山乐了　风笑了

黄鹂挤眉弄眼

山雀满面绯红

我们相视嫣然

眉目传情

却不敢拉起青涩的手

心里纯净得没有一丝云

红色的小雨伞

雨中的姑娘啊
你打着一把红色的小雨伞
在风雨桥上
等待与谁相逢
飘逸的红裙是雨中的火
握举的伞刺破了雨千层
我不知道那伞沿上滴下的雨
是碎了的心
还是溅落的痴情

我从桥上过
我在雨中行
天空滴下的雨啊
湿了我的心
又有哪一把红色的小雨伞
能蹦入我的心境

我就是如此与众不同

有时

我在人山人海里寻找心灵的宁静

有时

我在宁静中寻找思绪里的万马奔腾

在喧嚣中寻找那份安恬

是出于对世俗的过滤与沉淀

在沉寂中寻求那份激越

是出于对早晨八九点钟太阳的憧憬

淡泊如水

是真正的大彻大悟

决不被一天尘埃蒙蔽了眼睛

我不是刻意追求超凡脱俗

也许我的个性

本就如此与众不同

还有没有邮递员把书信传递

寒夜

是那么的漫长

思念

像绵绵细雨在滴

窗外摇曳的凤尾竹

搂着孤寂在泣

窗前流淌了一地的月辉

携着空无一字的消息在轻轻叹息

我拉上窗帷

让思量在暗夜里飞翔

潮湿的心与星辰偎依

在梦中呢喃

在醒时呓语

日复一日的思盼

就着愁肠百结沉淀堆积

把心事写了满满一封　揎入锈迹斑斑的信筒

不知道还有没有邮递员

把我的书信传递

珍惜

让我们珍惜在一起的每一刻每一分
不要让所有瑰丽的梦幻都破灭在沾满露水的清晨
如果每一天的相聚
都像苦熬亿万光年
曾经的刻骨铭心
都成了过眼烟云
一切将变得苍白与悲凉
如果每一步
都是彼此的眷恋
每一个举手投足
都是心心相印
那么
相爱一世
也如同短暂的一瞬

若早能遇到你

若早能遇到你

谁又愿孤旅独行

我曾一个人打起行囊

走在山间　走在水上　走在风尘中

一杯清茶成了难咽的酒

一道起伏的山峦成了闲愁的眉峰

来也匆匆

去也匆匆

自从遇到了你

我不再孤旅独行

牵着你轻扬俊逸的衣袖

走在山间　走在水上　走在风尘中

一杯清茶成了馨香馥郁的甘泉

一道起伏的山峦成了我笑意盈盈的醉影

山也朦胧

水也朦胧

让风儿说一说你在远方的故事

你用低垂的刘海

遮掩住你眼眶中的泪滴

风撩起了你的发

你把回眸之间的酸涩

藏在你飘扬的发梢里

你走了

像飘去的白云

我的目光追随着你

走了很远很远

我们没有后会的约定

知道这是一个重逢无期的结局

分别后我一直向风儿打听

想听风儿说一说你在远方的故事

剪一块蓝天蒙住自己的眼睛

海浪啊

请收起你肆虐的涛鸣

你的呼啸掩埋了我倾诉的心声

不要把我表达的爱意吞噬

我对她的低吟只因你的声响成了一句泡影

海浪啊

我又不想让你风平浪静

如果没有你的声掩

我那爱的直白

会让我面颊绯红

如果孤注一掷让藏在心之深处的情话喷薄欲出

我会先剪一块蓝天

悄悄蒙住自己的眼睛

背影

你站在高高山岗上
在观看落日的余晖
披着夕阳
沐浴着残红
你裙带飘逸
玉树临风
没承想
观日的人同样成了风景

我站在山岗下
也朝着你伫立的方向远远眺望
只是我自己也说不清
欣赏的是晚霞
还是你的背影

我是那一晚的清风

我是那一晚的清风
轻轻地走来
悄悄扯了扯她的衣袖
她莞尔一笑摇了摇手

我是那一晚的清风
亲吻了她的丝巾
那丝巾啊　散发出淡淡的幽香
她又怕风儿乱讲
轻轻捂住了风儿的口

我是那一晚的清风
吹乱了她的发
那飘逸的长发啊
是春风里的柳丝荡漾的一波柔
她捋了捋蓬松的发梢披散在肩上
用食指娇嗔地戳了戳风儿的眉头

我是那一晚的清风
吹乱了她的心
她的心啊
是一汪碧水凝结的忧愁
重新被风吹皱

为你而生

我不再拥有自己的躯体啊

她是为你而生

我缠绕着你　仿若在佛前

为超度转动的经筒

我还留下了什么

似乎一切都在

但唯独已没有了被你攫取的那份本属于我的心灵

你为什么把我的魂魄收编

你不是佛

你是贼　你是寇　你是强盗

你掳掠了我的归宿

还有我的天空

又不想拒你千里之外

因为胸腔里有一匹狂躁的马

离开你就会脱了缰绳

为了追寻你的影

会在广袤的原野上飞奔驰骋

你还是把我掠走吧

我发现自己已被你招安

已成了镶嵌你的梦影

能否读懂我的心

大海

是蔚蓝的纸

波浪

是涌动的诗行

小船

是天上落下的月

毫笔

是船上的桨

今生与你相遇

注定要与你一起远航

如果我们能一起扬帆劈波斩浪

定会撰写一部诗意丰满的华章

只是不知道

你

能否读懂我的心

不知道

月亮

能否载我去你的心海

诵诗琅琅

秘密

她迈着矜持的步

在端想

端想昨晚的一湖春水

泛着幸福的波光

她依偎在谁的身旁

谁曾为她低吟浅唱

她想捂住这个秘密

越捂越觉得心像一只跳动的兔儿

越是狂放

她悄悄观察川流不息的行人

仿佛都在笑

一双双洞察秋毫的眼睛

似乎都在向她张望

轻轻告诉你

想轻轻告诉你

我不再孤独

你翩翩来到我的身边

为我的心空撒满了幸福

我想把你轻柔的胚移植到我的爱巢

期待春色满院时

她能茁壮成长为一棵参天大树

又不敢传扬

我青睐你的魅　风尘仆仆

生怕过早宣泄心的私语

招惹嫉妒

因为你还没有一句悸动的话

说给我听

唯恐徒让我辗转反侧

在梦中思慕

我还是把难以张扬的话放在心里

独自掂量

因为你带来的这段陌生时光

不知究竟是一勺秋凉

还是春风一股

皆是我自寻的烦恼

为你

去盗天上的仙草

被上帝戴上了冰冷的镣铐

你却恨我迟迟不归

转身投向大漠的怀抱

风儿在哭

月儿在笑

我的心

在被天火烧

我把冤屈倾诉给了高山大河

山河回应

皆是我自寻的烦恼

无题

你爱的触角是多么的迟钝啊

你思想的腺素是如此的清淡

你的冷静简直让我的心颤抖生畏

你似乎看透了任何一丝纤尘

你像一潭清澈得连鱼都无从觅食的水

你把激情掩埋在心的万丈深渊

夜深深

你不听虫叫　不听蝉鸣　不听鸟啼　不听鼾声

你不近风花雪月

与世无争

把所有的遐思埋藏在最刻板的现实里

我在这近乎极端的云淡风轻里

经历着无以复加的百无聊赖

看着那一对对红男绿女飘着风

我只能用艳羡的眼神观望着

观望着似乎在我身上从未曾发生过的影子

致六月

你跟在雨后绿了山峦

你跟在绿后撒下一地芬芳

待梨花苍老樱花垂暮落英缤纷时节

你把凋谢的花瓣盖在自己身上悄悄隐藏

我乐享六月流火

我陶醉绿意飞扬

大街上红裙子飘飘

送走最后一抹清凉

踏着麦浪滚滚

与布谷鸟一起吟唱

爱的泉涌都是在此时流淌

活力掺拌的苍翠均在此一刻绽放

所有的灿烂和氤氲都在今日弥漫

所有的闺梦缠绵落在洁白的纸笺

诗赋成行

你怕我顾忌夜的黑暗漫长

在夕阳西下的时候

划燃了一根火柴

点亮了挂在天上的亿万颗星光

应该能够猜到

我与你相距咫尺
你心高悬在弯弯的柳梢
问你是不是爱我
你说
风儿知道

我奔波在迢迢的远方
心还在故里萦绕
你问我是不是爱你
不需问天上的月
你
也许
应该能够猜到

窄窄的雨巷

走在窄窄的雨巷

方感知与孤独为伍

鸟归巢

人归宿

星星归了乌云

我归了夜幕

后边是我掉了一地潮湿的脚印

前方是我一天最疲惫时

要走的说短也短　说长确也漫漫的路

生活

就是如此天长地久平淡往复

向往

总是在这烟波浩渺里穿云破雾

又怎奈一个人

对雨举杯

杯里斟满的是深深的无助

在这窄窄的雨巷

兀立着我风雨飘摇的小屋

迎接了一次次旭日东升

经历了数不尽的风雨埋没

我摭起了拙笔

在这静静的夜

构思着心中的千言万语
只是不知
该向谁倾诉

约会

晚风轻轻吹

撩开了夜的幕帷

梳洗罢

我欣逢一场无人做证的约会

池塘边　不听蛙儿鸣

只有天上的月儿作陪

你落落大方告诉了我你的名和姓

我慌张地成了拘谨的木末

你送给我一抹晚秋的清露

我送你坠落西山的新月一枚

你临别的身影

在恍惚中轻轻飘去

我怅惘的心

总在夜半梦萦里颤巍巍

暗夜过去请不要问我她是谁

不知道为什么

我总不敢说出她的名字

辜负了我的一往深情

我挑选了最亮的一颗星星

窃窃私语

你却眨着迷惑的眼睛

假装不懂

为与你幽会我腾出了整个长夜

你出卖了我的良苦用心

唤来了满天星辰来做证

可恨的人啊

你辜负了我的一往深情

我是最幸福的一个

我向往浩瀚的星空

想逛一逛银河

只是我不知道

在那里

我是光彩耀目

还是黯然失色

如果去后

我被星光淹没

你仍然能寻到我的影子

在心的坐标上把我标注

我便是天宇下最幸福的一个

让我独舞

今夜

如初

一个人在月影下漫步

等待你的倏然闪现

来撩拨我平静的心湖

时间慢得如牛

却不知道我的渴盼如风一样急速

搏击的心脏

像擂起了千面战鼓

等待花径中走来的人影

却渺茫如雾

站在高坡上轻声呼唤

也无法传递娇嗔的催促

那撩不开的夜幕

是不是即将诞生一局无法卸载的残酷

怎么才能把这个不想要的结局

变成一个只是推测中的仿佛

怎奈我独自一人

静沐晚风中月光如注

真的怕非让我携着心的孤寂

学旧人哭

我一遍遍问风儿

是不是本该春暖花开却吹来了苍凉的秋图
莫非你真的放弃了霓虹灯下我们无法合拍的步
今夜
让我独舞

风已把我的吻送到你的唇边

我不敢把一个焦灼的爱送给你

怕你娇嫩的心尚经不起炽热的烈焰

想借微信架起缓冲的桥

再拘谨地挑着柔情蜜意的扁担走过桥肩

不知道选择什么样的文字能入你的目

让你读着唤起春意盎然

不要让我等待爱情到来的那一刻像等待上帝的施舍

真的想即刻敲开你爱的门扇

如果某一个夜深深

北斗星传递了你的恩准

我会傍着向晚的风儿

把我的吻

悄悄送到你的唇边

愿望

其实
我的愿望又何等的微小
只需在我干渴的希冀里掺进几点雨滴
如果有一天乌云遮住了天空
小雨淅淅沥沥地飘
也就稀释了我的渴求
一个小小的我
就淹没在烟波浩渺里
我会化作一团雾
成为一个虚幻的影子
挂着一丝微笑悄悄幻灭

在我最失落的时候

如果你假装认识我

在我最失落的时候

送我玫瑰一朵

我萎靡的心

会腾起一缕烟波

即使

你转身消失在车水马龙

我也会记住你

在我最寒冷的夜

你曾在我心头拢起一堆篝火

只因昨晚我闻了丁香

只因昨晚我闻了丁香
贫瘠的心灵里不再空旷
香韵逆袭了我蜗居的小屋
枕边流溢着百灵低吟浅唱

只因昨晚我闻了丁香
心神像醉卧在丁香树旁
想借天赐良缘把花枝缠绕
又怕刺玫倚在丁香树上

只因昨晚我闻了丁香
一夜拳握的手沾满了芬芳
浸染得梦里都是笑
仿佛知遇了心爱的人儿
将成为洞房中的新娘

只因昨晚我闻了丁香
心里总是贮满了慌张
有许多许多知心话儿
不知道能否在花香四溢里
对那个人讲

把伤心的爱还给你

我既然把一段伤心的爱还给了你
又何必去记忆的深处把那栉风沐雨重新拾拣
如果不揩拭已风干的泪痕
将会永久背负着纯粹枉然的夏恋
是你的
终究会迎娶坠落的星盏
不属于你
只是阳光下的一缕无法相拥的金线
罢却了过期的忧伤
折叠起发霉的缠绵
挂满泪花的笑也是一种超尘脱俗的风度翩翩
既然重揽往昔是愁苦
又哪如饮一杯忘情水
采撷一束早晨的霞彩
插在发间
然后一笑倾城
再笑嫣然

抚琴的姑娘

你的琴声像一缕凄美的孤魂在漫空飘荡

我驾舟穿行这条音韵的河在悠悠地摇桨

凡俗的心啊

已无法拒绝迷人的夜色蛊惑

一河清影里

倒映着一位抚琴的姑娘

粼粼的水波

是你长发卷烫的波浪

娉娉婷婷的身姿

衣袂飘飘

像画中的仙子

依偎在水榭之上

影落水的中央

我想捞出水中月

送给神情忧郁的姑娘

只是不知道

这位抚琴人

是要送别今夜的清风

还是要迎接明日的朝阳

我可否问一声

抚琴的人啊

我能否把你点缀在我写生的爱的画廊

眼神无法把心掩藏

你的眼睛总是向我张望

欲言又止的羞涩仿若唯恐遭遇九月风凉

文静的魅又哪如酣畅淋漓的俗媚

泉流幽咽的艰涩徒令意深深的采莲船搁浅在远方

还是请你大胆地点破

敷在心窍上那层薄薄的窗纸

让有情人的心海里早日洒满幸福的时光

而你的缄默

成了我的煎熬

想先你表达心声

又顾及你的含蓄

会把我的自尊砸伤

想知道

你何时

能说出那句我渴慕已久的话

因为

你的眼神

已无法把心掩藏

听雨

读你千遍万遍

我还是不懂

借助淅淅沥沥的雨

转载我无法言表的真情

不知道你是不是

也伫立窗前在听雨

我的神

你已让我早已蛰伏的心再也无法安宁

写上暧昧的箴言

发送微信一封

让你也伫立窗前

去听雨

如果你假装不明就里

我只是说我喜欢雨

借听雨来掩饰我窘迫的心境

看到你一湾浅笑

一阵雨来

温润如诗

一阵风儿来

水扬波涛

燕子飞来

春深似海

你一句温暖的话

已让我心旌神摇

我在乎你

哪怕听到一首歌

词里含了你姓名中一个字

就像看到了你一湾浅笑

向往蔚蓝的天空

你想做只会唱歌的百灵

我的心愿是做只低调的鹰

我俩只能惺惺相惜

却不能风雨情浓

因为你的巢

筑在九尺树冠

我的向往在蔚蓝的天空

心事不能宣泄尚经不起秋寒

只能无奈地悄悄躲避着你痴迷的眼睛

亲　请原谅

我们不能相爱

只能为朋

只有你是我的太阳

我的心中
总也听不到激情澎湃的声响
是因为没有你的到来
只有你
是我的太阳

如果
蓦然看到
你走进我爱的海疆
即使阴雨连绵
我心中的天
也顿成晴空朗朗

是谁把我心捎到了远方

雨说
只想去抚慰树上一枚枚的秋叶
怎奈湿了她的心
让她寥落凋谢
风说
只是摇了摇树的影
想唤醒陨落的叶子凄美的孤魂
却让叶子无故飘零

问雨
问风
是谁掠走了我的心
又把她捎到了远方

相约今世

如果生命里

与你不曾相遇

是我们迷失在宇宙中交会的路口

如果今生

与你不曾相知

必是捎信的鸽哨把我们互写的信笺遗忘在遥远的天际

相逢一个春天

蜂蝶却无法归心绽放的桃李

前世注定与你有缘

只是不知

怎样才能与你相约

在今世

它是我的承诺

想送你一杯清泉

我却不是山峦

想送你一瓢甘霖

我却不是云朵

想送你一抹朦胧

我却不是月亮

想送你一朵浪花

我却不是小河

我拿什么送给你

远方的人

送你一枚红叶

不是船帆　却挂满了思念

送你一缕炊烟

不是云　却是寄托

送你一捧杨絮

不是虚幻　是我的一颗心

送你一个圆满　不是一轮月亮

它是我的承诺

想与你一起走过

想走进你的生活

不是想攫取你感动的泪水

是想让你在记忆的字典里标注我

想走进你的生活

不是非要替你扬帆起航

是想为你劈破浩渺的烟波

想走进你的生活

不是觊觎你的隐私猎奇收获

是想读懂你的心

想走进你的生活

不是想看你生命里是春天来过

还是秋天来过

是想无论春秋

都与你一起走过

依偎着你的影子

你轻轻地走了

把背影交给了夕阳

我依偎着你的影子

想再感知你留下的暖与淡淡的余香

不承想

在傍晚时分吹来了凄凉的风儿

你留下的

刻在我心里的诺言

正凝聚成

一句句的

感伤

等待你弹拨我的琴弦

请不要弹拨我的琴弦
把琴小心翼翼地挂在墙上
是悬挂的一泓思念
盼知音
我曾虔诚地祈福
也曾为春的畅想写下漫天诗笺
只有他
能把琴音化作清澈的甘泉

请不要弹拨我的琴弦
我要把它交给思念的人
轻拢慢捻
只有他
才能让琴音凤鸣鹤唳
绵延不断
那是望不尽的空灵啊
是吮吸了日月精华
是心灵契合的和弦

他是谁
是泉水叮咚
是小溪涓涓

是缭绕的晨雾
是春天之门的暖帘
想念的知音
你总是姗姗来迟
等待你弹拨我的琴弦

只记得家在云霄

那风啊
一直地刮
那雨啊
一直地飘
天想留客
我心却不愿抛锚
因为这里的孤寂是如此的厚重
这里也不是我遮风避雨的桥
我像一叶扁舟在浪花里晃悠
一颗无着的心不知向谁依靠

风啊只顾地刮
雨啊只顾地飘
让我心乘着无舵的船
在风雨中轻摇
一蝶小菜一壶热酒
让我忘记了我是谁
只记得我的家
远在云霄

我们是不是错了

我们是不是错了

我忽然对你如此陌生

你不该是我今世里的伴侣

也许你只能是我前世里的情人

你弹起了不该弹奏的琴弦

动了不该动的那根属于我的敏感的神经

你的琴音跟风走了

走得杳无影踪

我呼唤一场狂风暴雨的洗礼

洗刷我曾与你有染的心灵

愿太阳不要升起

我不想看那殷红的霞彩呀

因为那是我心在滴血

是用血色描绘的一抹红

我已心若止水

不需要与谁相遇

不需要与谁别离

那里除了云岫

只有我自己

不需要附和谁的轻歌

不需要倾听谁的叹息

那里除了风声

只有青翠的竹笛

不需要招惹明媚

不需要推却雾里的凄迷

无论是蓝天还是白云

都是我的知己

不需要特别记住谁

不需要刻意把谁忘记

我早已心若止水

规劝红尘皈依

不在暮秋贪恋花期

你曾让风儿捎来

一叠叠的问候

是思念

今天你缄默不语

不再让燕子传递你的消息

是珍惜

因为你懂得

只在绽放的季节

吐露芬芳

不在凋零的暮秋

贪恋花期

为何与风依依

我无法合拍你心的律动

是我追逐不上西移的星辰

不愿止于淡泊

是不经诱于天籁清脆的笛音

不是贪婪斜阳夕照的最后一抹余晖

是为了抹腻即将落日时的彩云

不是畏惧黑夜

是不愿走入大山深处的黄昏

问我为何与风依依

让我轻轻告诉你

我是一个性情中人

只要心是近的

握住你即将分别的手

没有握得住留恋只握住了感伤

我们曾无数次一起猜拳举杯

杯里斟满了星辰与月亮

猜出一个风雨同舟

划出一个背井离乡

我们一起小吃了一碟碟的苦难

也一起品尝了一盘盘的彷徨

不愿挥手与云彩作别

今夜让我们骄纵轻狂　放声歌唱

昨天　我们从五湖四海相聚

明天　就要天各一方

心如果淡了

相距咫尺也无意重逢

只要心是近的

即使远隔千山

路也不长

轻轻的吻

你那轻轻的吻
吻羞了月
吻醉了心
吻绵了二月的黄昏
春愁
不再
天空
无云

你那轻轻的吻
吻开了我初绽的心蕾
良宵
谁与共
让我悄悄告诉你
从此
我有了梦中人

寄去了我的蜜语甜言

你用微信

邮递给我一抹月的清柔

我撩开窗帷

羞涩地向月儿挥了挥手

然后挑拣最美丽的文字排列成诗一般的语言

把备齐的一行行情话缠满了按键的指头

我又唯恐把稀薄的雾霭

误认是翻涌的云海

忐忑的心总也挣不破囚爱的魔咒

我枕着月色

难以入眠

在夜深深的时分

终归寄去了我的蜜语甜言

也不再顾忌

明日里

你给我的天空是乌云密布

还是满天星斗

看海

心烦的时候

去看海

向大海倾诉心中的忧愁

快乐的时候

去看海

向大海讲讲与幸福的邂逅

所有的心事都说给海听

我与大海

已成了知心故友

既然已与海结下深深的缘

为什么大海有时对我温文尔雅

有时向我咆哮怒吼

也许

大海也有大海的七情六欲

风平浪静是大海百转千回后的沉思

惊涛拍岸是凌波碎步里蹚出的爱恨情仇

悄悄成为你的影子

目光无数次与你相遇

积攒的语言满怀

却又难以启齿

你的眼神蓄满了似水柔情

有谁

能替我俩

传递心中那页写满情话的纸

我不敢揭开胸腔里激情澎湃的盖

怕溢出的情汤

不小心把你的羞涩贸然溅湿

飘忽的心不敢被月色照亮

只能逡巡地跟在你身后

悄悄成为你的影子

不愿走下这趟列车

因为与你同行　路途不再遥远

飞奔的列车啊　最好没有终点

让我斜靠着你的影子

倾诉缠绵

朋友啊

我是船　你是岸

抛系的缆绳是牵连我们的缘

车轮是心怡的狂放

笛鸣是深情的召唤

律动的急促　总让我感觉时光太短

让我斜靠着你的影子

不知疲倦

也假装入眠

因为与你同行　我不再孤单

真想在列车到达时

把终点与起点再来一个调换

再不愿走下这趟列车

只是不知道

你的家是在前边还是在后边

无法再把你寻觅

我在小河边

与你相遇在春风里

你随手为我折了一朵杜鹃花

我羞涩地笑了

急忙转过身匆匆离去

今天又是春风依依

想与你再续前缘

寻回你曾经的影子

却不知道你的名和姓

也不知道你去了哪里

当初寒窗苦读

红尘无暇顾及

只能在梦中执着地追寻你千万里

今天　我丰盈如茵

又来到相遇的地方

天上的白云仍在悠悠地飘

我却无法

在春风里

把你寻觅

心为远方的人珍藏

赠送什么

也不能赠送月亮

因为　月亮总易勾起淡淡的忧伤

忧伤　会揉碎明艳的绽放

赠送什么

也不能赠送骄阳

因为　骄阳总是饱蘸焦灼

焦灼　会让人优雅难守

过于高亢

赠送什么

也不能赠送秋波

因为　我的眼睛总是向蓝天张望

赠送什么

也不能赠送我的心

因为　我的心始终在为一个远方的人珍藏

你是我相遇的初雪

你是我今世相遇的一场初雪

我轻轻地触摸着你白皙的肌肤

尽管如此的轻柔

还是让你的心震颤

想拥有你

你清澈如水

也许今生我们只能相遇一次

相会在今夜短暂的瞬间

你终归是一抹弥漫的游魂

将化作一缕轻烟袅袅归去

我的心染指了你的洁

为此一吻

我爱你一生

无论你是多么的梦幻缥缈

白桦林

走进白桦林

是一片安谧的苑野

沿着蜿蜒的小径

像穿行在天上的玉街

这里冬有雪

秋有月

春有温润

夏有露淡淡

雨斜斜

鸟儿缠着枝头

秋风缠着落叶

小溪缠着根须

红裙子缠着矫健敏捷

雪上

有两行长长的脚印

月下

两双晶莹的眼睛

明明灭灭

春天

衣袂飘飘

夏日

一把红色的小雨伞

撑起两个人的世界
白桦林啊
我醉卧你的怀
也有一种莫名的长叹
缘由于
这里的春夏秋冬
都是恋爱的季节

不要撕碎了云

不要用你冰冷的手

撕碎了云

撒在刺骨寒风里

成落雪纷纷

我总感觉那是撕碎的信笺啊

在空中飘

我已再也伤不起

曾被撕碎了的心

她仍旧姗姗来迟

我曾伫立雨中

借雨丝

稀释她残缺的旧梦

我曾伫立风中

借风吹

驱散她怀恋的伤情

我曾伫立雪下

借飘雪

净化她被迷离染指了的心

我曾伫立月下

借月光

唤醒她重新涌起爱的蒙影

多么期盼

一个新的我能占居她的心境

然而　今晚她仍旧姗姗来迟

去得匆匆

留下一串默默的永恒

不要只倾诉给那个姑娘

她问我冷吗

莞尔一笑

跑向了海边

去听大海吟唱

她温情脉脉的眼神

为我驱散了海风的苍凉

我凝视着她萧瑟的背影

也走向了海边

想听听大海说些什么

是不是她们有悄悄话语

怕别人分享

我驻足在棕榈树前

注目着海滩

只见潮起潮落

也没有端详出欢腾的浪花里潜藏着什么文章

大海啊

有什么悄悄话也说给我听

不要只倾诉给那个姑娘

等你　在梦中

见你时

你曾手持一朵白莲

心在跳蛙在鸣夜蝉已噤声

飘动的裙摆

已荡起红尘千重

今又白莲盛开

等你　在风中

见你时

你曾打着小雨伞

伞沿滴下的是情人泪

伞下是如水似雾般一双风情万种的眼睛

云彩在天上

渴盼在心中

今又云遮了星星

预示一场丝泪盈盈

等你　在雨中

见你时

总在夜深人静后每每闭上了眼睛

一夜无眠又怕不见你的影

酣然入睡

又怕你来得悄悄

走得轻轻

等你　在梦中

风能否把心吹动

为了与你相逢

在你前路上我布下邂逅的陷阱

让你以为是缘分惹的祸

看能否与你同行

想与你同行

不知道如何走进你的心境

倘若心与心相隔千山

我就变成一只雁

翱翔蓝天

去会你的影

倘若心与心相隔万水

我就用飘曳的思绪连接一座彩虹

让你我的心

在拱桥上相逢

想与你同行

我走了千里万里

没有遇见你

只遇见了风

风已把一池春水吹皱

却不知道

风能否把你的心吹动

不是我的错

不是我的错
我只是美丽
扬了扬眉
聚起了一道妖媚妖娆的山峦
成了你魂牵梦萦的风景

不是我的错
我只是美丽
无意招惹春风
甩了甩乌黑的秀发
不小心
砸落了
一枝
出墙的红杏

迟到的缠绵

如果光芒不会永远掩埋在西天的群岚

也许你我还会在明媚里重逢在某一天

只是那一日该有多么渺茫啊

我真想把日后积攒的轻声细语提前附在你的耳畔

剪不断

理还乱

迟来的春雨

竟然在暮秋的落叶时节缠绵

天上的云彩都在听

我临别的千言万语

可连我自己都不相信

只轻轻说了声

再见

落了一地秋的清愁

我不知道

空旷无际的落寞

是不是怨秋

我不知道

剪不断的缕缕思怀

是不是皆因一骑红尘拂袖

我不知道

红霞向晚

是不是心依山尽

我不知道

月落碧湖

是不是因我情断心扉低眉俯首

把所有的尘缘捻断

也诀别不了炊烟

想把心放生

又万万不能够

我已无法破茧千丝帷织的固守

私密向衷情打开

如饮一碗琼浆

催生爱的宣泄

是怆然醉倒的温柔

留痕是绮丽的情结

风儿又怎能卷去所有的穷戚悲忧

我甩了甩袖

掉了一地沾满诗意的霜叶

我摇了摇头

落了一地秋的清愁

春天来了

如果你把明媚洒遍每一寸山河

醉卧摇曳的季节便会绿萌心扉轻风抚柳

如果你把蛰伏的馋虫都从冬眠中唤醒

破土的蓬勃定会化作春的呢喃不再扭捏娇羞

春天　来了

我拂去满袖的冬尘

倾听布谷鸟的召唤

你嫣然一笑

在相距我五尺的地方停下了

柔情如许

尚没有触摸你的肌肤

驿动的心仿若十指已与你相扣

我走向了如诗的季节

又怎能不让我罢却一切秋苦与冬愁

我看着那一个个即将伸出的懵懂头颅终于笑出声来

把叹息化作惊蛰的轻雷

把滚烫的泪化作柔软的细雨

摘掉风寒尾声里的脖套

向春天招了招手

被夕阳掩埋

为迎接日出
去约会大海
只是脚步总不及太阳快
待我千里迢迢凭海临风时
晨曦已不在
我找啊找
想找到一缕刚刚与海吻别的红霞
可不知不觉
自己已被夕阳掩埋

船要起锚

船要起锚

飞翔的海鸥啊

却不认识我撇在身后的百灵鸟

太阳要落山

她是不是知道暮色将晚

早早睡觉

船要起锚

飞翔的海鸥啊

却不了解我的家

在千里之遥

那里有成群的羊儿

有碧绿的草

就像朵朵白云在草原上飘

船要起锚

飞翔的海鸥啊

却不知道我流浪的心

像断了线的风筝

飘在云霄

从此听不到故乡的歌谣

船要起锚

飞翔的海鸥啊

却猜不透我为何事烦恼

我在纠结一路孤旅独行

心增寂寥

借问海鸥

能不能告诉我

海有多阔

岸有多遥

把心事交给长风

把心事播在云里
凝聚成了相思的雨滴
落在我的面颊
把心事撒在晴空的夜
成了星星
闪烁在我的眸子里
把心事倒入大海
成了浪花
溅湿了我的裙裾
把心事交给长风
随风而去
成了无法追逐的痴迷

邀残阳

既然选择了长路

就已把心许配给了远方

既然踏上了征程

也就不在乎背井离乡

走着别人不曾走过的路

不会有人相遇

寄宿一人举杯的驿站

不会沉醉在迷人的晚上

走过风　走过雨

走不出我一颗执着的心

隔着山　隔着水

隔不断我情之向往

暗夜　就借一缕星光

风雨　就当作挥洒的疏狂

如果披星戴月

也赶不上朝晖

就邀残阳

你不用道别

你悄悄走吧

趁我还沉睡在梦中

你不用附耳与我道别

我不用迈着沉重的步为你送行

只需你写一行不掺阴绵的告别文字

放在床头

我醒时会把它珍藏在枕下

陪伴我度过枯燥的光景

如果道别

我的发丝会缠住你的心

让你无法向远方迈步

如果送行

我的泪水会迷蒙了我的眼睛

是桥还是虹

这究竟是一座桥

还是一道虹

是桥

为何不见溪水淙淙

是虹

为何总与桥重叠拱立的影

虹是架在梦影里的千姿百媚

桥是牵手红尘里的芸芸众生

无论是桥还是虹

都是我化作泱泱水湄上等待你走过我心的小径

想问君

你是否愿意走过这座如虹一样的桥

想问君

你是否愿意走过这座如桥一样的虹

不懂我的心

既然你不懂我的心
又怎能涉过爱情的河
即使你裁剪下整个天空
也不会幸逢红颜振翅的群鸽
我要绿叶一枚
你送我红枫一棵
我要一瓢甘霖
你送我一汪湖泊
让你摘星星
你摘来了月亮
让你送我炊烟一缕
你却采了白云一朵

只因与你在此相逢

你伫立在小河边

是否在与春风倾诉

惹得我一缕荡漾的游魂

绕着你亭亭玉立的倩影在翩翩起舞

我爱这里的柔

是因为风儿

我爱这里的绿

是因为树

我爱这里的春光如海

皆因你的清澈甘醇入了我的肺腑

你是梦

你是影

你是芳菲

你是雾

你的姗姗而来

让我多了一分煎熬

想拾起你香韵一缕

又不知你娇嫩的情怀

能否容得下一个陌生的倾诉

也许遇上你是缘

却不是福

对面的人啊

你如果不是我前世放生的白狐
为什么来搅乱我平静的心湖
只因与你在此相逢
让我书中的良田万顷
渐渐荒芜

我想说

我想说

想与你一起去沐浴山林的幽静

在静中

心的律动才能彼此聆听

肩并肩

才能近赏比邻的影

我想说

想与你一起去看海

让海的激情澎湃感染你我的心灵

任凭海潮

溅湿心扉

听大海放歌

胜却一曲鸾凤和鸣

我想说

想告诉你我心里的轻愁

那是珍藏千年的私情密语

是一摞满满的心事与沉重

我想说

想与你一路同行

去一个很远很远的地方

也不管那里有没有驿站

只要能牵你的手

我愿意风雨兼程

残红

捡起一枚枫叶
夹在书中
流光溢彩的华章
衬托成了黑白无声的影
墨痕跃然纸上
也描绘不尽我喷薄欲出的心
皆因藏入扉页里那一抹
晚霞一般的残红

我是你的藤蔓

你是一棵树

我是你的藤蔓

根与你相连

身与你相依

山雨欲来

扶着你的臂

晴空万里

俯在你肩头

观看斗转星移

风和日丽的岁月

你繁茂

我随你一起欢喜

入寒秋

我与你的叶子一起凋敝

你朝气蓬勃的时候

叱咤凌霄

靠着你的肩

探访云霓

你失落的时候

就与你一起回忆往昔

生　是你的藤

与你不离不弃

死　也贴着你的胸
长眠在你怀里
岁月的摧残
动摇不了我坚如磐石的心
从没有想过
离开脚下与你盘根错节的这块土地

今夜灯如昼

今夜
灯如昼
无须在黯淡的光影里
漫无目的地走
你捎来的几句温馨的话
已暖我心扉
无须为苦苦寻找那抹潋滟
愁上眉头

今夜
人如海
无须再蓦然回首
你已悄悄来到我的面前
我慌张的心
却不知道是放
还是收

滑落的项链

你托起滑落的项链

来到我的身边

投来了只有我自己能懂的求助眼神

恨我迟疑的手

缺了落落大方

把千载难逢的机遇

拱手相让给你同路的人

你的眼白流露出暗藏的怨恨

我懊悔自己徒长了一具青涩的灵魂

自此后

常站在你必经的路口

想再续前缘

终于有一天

发现挽着你手走来的

是那个给你戴项链的人

请弹起你的冬不拉

你的眼睛

是雕饰的一枚月

你的脸颊

粘满了夕阳的红韵

你的琴声

是草原上悠远的呼唤

你的荷花裙摆

是从蓝天掉落草原上的一行流云

哈萨克姑娘

请弹起你的冬不拉

不知能否做客你的帐篷喝一碗热奶茶

你皎洁的心海上

已飘过了我的千帆

拾起草原上的清风一缕

已让我醉满乾坤

你奔向太阳升起的山坡上

终于弹起了你的冬不拉

你的琴声啊

已撩碎了我心中的溪水

撞乱了我心空的云

往昔不能再来

向往茫茫大海

却不敢踏向波涛

不知道搏击在风里浪里

也是一种美好

待我打开厚厚的日子

方感知文章的浓郁

不承想船已靠岸

我心却刚刚起锚

扬起了风帆

岁月已老

驿动的心

不愿随夕阳坠入山坳

年轻的姑娘

想告诉你我曾经的风流倜傥

却无法让你见证

我朝霞的美妙

遗憾往昔不能再来

年轻

真好

不愿与风为伍

我不想让每一个生命的轮回

都在循规蹈矩中泯灭

我不想让每一朵芬芳

都被粗糙的灵魂摧残

常想揭竿而起

对庸俗背叛

可命运总是在人迹罕至的绝壁上孤悬

我也曾无声呐喊

我也曾在静默里呼唤

我也曾莅临大河

寻觅远去的白帆点点

我总想在佛的经典里沉淀那一汪静谧

总想去一个灯暗人稀的旷野

独赏星河灿烂

我就是如此

不愿与风为伍

走自己的路

偏有遮住我目的细雨抛下的丝织的珠帘

想在浮世万千里

寻找一块雪藏的处女地

把心融入宁静幽远与空灵

独自翩跹

夜来香

激情在暗夜里迸发

妩媚在晨曦微露时凋零

那一丝羞于启齿的情愫

只想躲避刻毒的眼睛

摘一朵素雅的花瓣

放在枕边

捋一把七寸青丝

解开挽系的头绳

剥离掉躯体上油绿的裙裾

掀开锁在深闺的芳容

把隐私泄露给夜幕

把娇柔展示给星星

把矜持赠予狂放

把露珠交给长风

任凭一双摆布我命运的大手

攫取我神不守舍的魂灵

只是　别把我交给光天化日

如果日头曝晒了我的隐私

我会蜷缩一团

泪如泉涌

静静地想你

在一个夕阳西下的黄昏

我静静地想你

想你长长的睫毛上凝结的北国的寒霜

想你眼神中魔一样的魅魂

你长长的发　你的舞　你的纤手　你的风姿

都留止在我的眸子里

在一个有月的晚上

我静静地想你

想你像雾又像风

你的笑　你的歌　你的轻吟　你的芳香

都镌刻在我的记忆里

只要有陨落的夕阳有皎洁的月亮

我都静静地想你

因为你曾羞怯地给了我一个吻

也是在那样的傍晚

乡愁

乡愁
是秋天里的棉絮
像一缕扯不断的情丝在梦中飘逸
一汪思念的稻香
总叠在故园的笛声里

乡愁
是南瓜秧上的清露
终成坠落在晨曦里的水滴
那晶凉的水珠
溅湿了少女的嫁衣

乡愁
是中秋夜的一瓢月辉
像澜漫的轻纱
想挽起披在我的肩头
双手又握不住村落的旖旎

乡愁
是一幅画
那是我涉猎不尽的情醉
想描绘三月三的柳烟
却碎成了想你的心雨

一颗流血的心

想爱吧

寻你千百度却迷失在爱的中途

放弃吧

又怎能欣闻香风一袭获得爱满意足

想恨吧

我又能怎样

一次次把自己的心戳伤

像长堤坡上的郁金香

默默迎风独舞

我常常借着云隙掉落的明艳

成为披在身上虚伪凄美的外衣

无法照亮的心空总在阴晦中踌躇

我清脆优美的歌喉像在疏忽之中咽进了耳垢　变得异常的沙哑

再也没有清澈的笑　再也没有珠圆玉润的梵唱

我无法走出深陷的迷茫

问苍茫也没有打听出谁是救世主

只有把所有的回味与追悔都默无声息地装进我的行囊

伸出舌苔

为自己舔舐一颗流血的心

我是你的浩渺　你是我的苍茫

你踏着翩翩的舞步而来

那时我是你的憧憬

你是我的奢望

你浅笑盈盈仿若一池春水的醉影

那时我是你的依偎

你是我的宝藏

某一天你感薄情淡携来了阴寒的沉重

那时我是你的累叠

你是我的情殇

终于你随着秋风而去

那时我是你的浩渺

你是我的苍茫

把悄悄话轻轻盖上

不可在春寒料峭的当儿

急于吐露芬芳

二月的剪剪风寒

一样能把娇嫩的心恶意中伤

被摧残的春芽错失了绽放的好季节

藏匿在衣襟里的温婉的心蕾

不知向谁怒放

不可在冰封未开的时候

敞怀倾诉

不是所有的心腹话

都能急急传扬

该捂住的悄声细语

还得欲言又止

暂且摘片干枯的荷叶

轻轻盖上

合欢树下

我们曾牵手走过这棵合欢树下

走过了秋

走过了春

走过了无数个有月色的黄昏

我们也曾在此驻足

有欢笑

有哀叹

也有呻吟

曾几何时

树下渐渐消失了我俩的影

那遍地的花绒啊

不知道是你凋谢的芬芳

还是我碎了的心

月儿

你总是

在我难以入眠时

潜入我的心轻声细语

你总是

在浅露莹莹的午夜

爬到我的窗上送我一缕清幽

你总是

在长相忆里

洒下绵绵的秋思

你总是

倒映粼粼的碧波

独自横舟

月儿呀

真的想在你我之间划出一条楚河汉界

因为你越是红袖添香

我越是叠上新愁

枕着你的名字悄悄入眠

我将乘风归去

让我再望一望你的眼

留给我的光阴寸短

留给你的旅程

长且漫漫

你走吧　想爱你

真的没有了力气

也许　命运里注定我们不是并蒂莲

只求你扯上一缕天边的彩霞

为我做一件上路的霓衫

让我穿在身上

笑且灿烂

我即将一无所有

也带不去哪怕你的一丝爱恋

只能让含泪的笑

装饰悲欢

我不做嚎恨鸟

不奢望你做啼血的杜鹃

既然无法陪伴你到达我们相约的驿站

亲爱的　你走吧

就让我枕着你的名字

悄悄入眠

如果爱

如果爱

无须浓妆艳抹

一样芬芳

不爱

插满山茶花

也不闻馨香

只因你说了一句

你是轻风一缕

从此我不再感觉

暮秋风凉

只因你说了一句

你是南飞的雁

从此我的心总是代替我的眼睛

日夜向天空张望

已把你的倩影深深凝固

夜幕下

我不再孤独

那满空的星耀是你泛着荧光的目

你眸子里曾为我蓄满的情爱

仍与我飘忽的灵魂为伍

不管你是不是与归期有约

也不在乎我的希冀渺茫似雾

拴不住的暮风习习

又怎能绕着贪眠的床儿翩翩起舞

不恨你窃取了我的纯真

那是一个不谙世事的甘愿付出

展开你写给我的已发黄的文字

反复吟读

只是借长风也寄不去我的心语

我只能在夕阳落山

邀繁星倾诉

我眉毛下是一泓忘情的海

这片碧波荡漾的海里

已把你的倩影深深凝固

假如

假如

当初我没有去那个边境小城

我们就不会在孤零的汽车站相逢

假如

当初没有遇到你

我就不会魔入吾心春潮漫涌

假如

当初我问了你的名字

离别后我会寄去鸿雁一封

就不会在秋水盈盈里望穿眼睛

假如

我能给你寄去相思里的万语千言

也许

历史将重写

你我就不会在摩肩接踵的今世错过一生

珊瑚花开

天空阴沉得像灌铅一样低垂

在我的胸中仍有一缕不甘泯灭的明辉

你早已是我天空的星盏

我的秀发已沾染了你的味

你如果是爱的殿堂上点燃的一炷香

我就为那香炉洗却红尘里的俗媚

即使孤帆影尽泪沾襟

我宁愿无助地去品尝云遮雾罩里的伤悲

要问我为什么甘愿任凭风雨飘摇一世相守

也许是凝结着苦涩的珊瑚花开

从来就没有过枯萎

海浪是写给你的诗行

你说
我的嘱托不会遗忘
在你的日记里
小心翼翼地珍藏
你说
还想再听我娓娓倾诉
可是
再也不见我书信来往
不是断往
是分别后的路太远太长
如果想念
去海边
听大海的涛声
那是我唱给你的歌
如果想念
去海边
看大海的波浪
那是我写给你的诗行

能不能请你跳支舞

陌生的朋友
能不能请你跳支舞
在这无水的池里
任你纵横驰骋
任你闲庭信步
捡起碎了的心影悄悄装进兜里
卸下沉重的思绪
扬起高贵的头颅

陌生的朋友
能不能请你跳支舞
左手托起纤细的玉指
右手揽怀你亭亭的腰束
飘曳的裙裾是旋转的风姿绰约
华尔兹的悠扬邀来了一袭香风轻拂
逡巡穿插的身影也许是为了探索爱的起源
也许是为了寻找情的归宿

陌生的朋友
能不能请你跳支舞
想邀你用锃亮的红舞鞋尖绕场划弧
划出一个相见恨晚

一见如故
好让我们沉醉坠满红粉的港湾
今夜
不再惦念
明天的征途

许愿

蜡烛 在黯淡中闪
心 在漫空盘桓
许愿 不管是否灵验
想把所有的心事
化作一枝藤蔓
依附星光攀缘
到达渴慕的终点
姑娘排成一行
在为我唱生日歌
歌声 随着氤氲缭绕
微笑 在烛光里绚烂
总想与生活的曼妙
肩并肩
我微闭双眼
许下了拿云的心事
蜡烛 即将吹灭
我祈祷
心愿 不要化作云烟

月亮是诗的情人

我是月儿

不小心做了诗的情人

每当我升起在浩瀚的夜空

总有一汪诗

乘着轻风徐徐来临

你掀起了我弥漫的轻纱

我心扬起波光的涟漪

你放浪形骸

随心所欲来撩拨我少女般的胸襟

我迷离着蒙眬的眼睛

坦露着我的隐私躺下了

让你浓墨重彩细腻写真

一切归诗

随你把我心的高洁撒满秋夜

任你挥洒浪漫风骚狂放诵吟

我忘形地流了一地月色

你拥着我柔情似水的怀

似醉非醉

温柔地送来了你的吻

你去了海的那边

你去了海的那边
别时泪湿青衫
我在海的这边
心随你漂了很远很远
你曾说会一直想我
却不见天边飞来的鸽哨
我发誓不再惦记你
却总是长夜无眠

不敢与你重逢

如果鬓已成霜
不愿与你重逢
不想毁损了我镌刻你脑海里的那副青影
既然芳华流逝
我又往哪里寻觅青春的行踪

远方的人啊
相见不如相思
让我们之间的距离不要清零
为了留住那份青涩
我又怎敢与你重逢
不相见
也许在你心里
我一直春光摇曳
杨柳青青

心里的话还没顾得讲

远山　已静默

心潮　在奔放

我们的缘

是不是就此了断

明日　就要天各一方

昨天　还是笑语盈盈

今天　纵情的泪水湿了衣裳

心还没有来得及准备

远行的列车已把启程的汽笛鸣响

尘封的悄悄话

还没顾得讲

是让你捎走

还是任其荒凉

你娇喘微微

伸出了握别的手

只是我伸出的手短

你伸出的手长

阿勒泰姑娘

彩云悠悠

不及想念的情思长

一缕挥之不去的梦萦

总绕着那个远在天边的阿勒泰姑娘

你挽着裤腿在河石上坐

我打水漂激起的浪花

溅湿了你的衣裳

你假装抹泪引我近前

用手腕轻轻打在我的身上

你笑了　我笑了

问你叫什么名字

问你家在何方

你指了指家住河的上源

再用手指蘸着河水

把名字写在了我的胳膊上

然后你扯着朗朗的笑飞奔而去

从此你的笑声常在魂牵梦萦里伴我流浪四方

今天从千里之外再把你寻觅

原来你已成了别人的新娘

我的情断裂在驼峰桥下

只有那克兰河啊

仍然碧水潺潺

绵绵流长

我来了　你却走了

我来了
你却走了
只留给我一片寥廓的天空
布伦托海啊
你是我滴下的一滴眼泪
我急促的呼吸
成了水岸草尖上掠过的流动的风影
错过了你
不只是错过了大漠的高歌
像错过了我的生命

我来了
你却走了
我不要滩头的石子
不要戈壁上的炽热烘烤我扼腕的心灵
我的手心再也没有了残留的余香
再也见不到草原之夜那双明明灭灭的眼睛
我还有什么
除了天上的月
只盼与你相遇啊
我想知道
你走时
牵你手的是一缕什么样的风

风吹落一枚孤零的黄叶

风吹落一枚孤零的黄叶

飘落我的身上

怀着深长的悠思

想让我夹在书本里好好珍藏

我不经意地把她遗弃在身后

错把一树娇柔的芳心损伤

别后才知那是枝头最后的一次掉落

是为我保留许久的一份朝思暮想

待我回头再把她寻找

她已随一阵恼人的秋风流浪远方

秋风吹

秋风吹开了我迟钝的心蕾
不再拾捡错失的妩媚
烈日的蒸腾总让人绷紧张弛无度的心
我可在秋风徐徐里
撩开浮躁的窗帏

秋风吹醒了我的梦寐
不再贪恋虚幻徒生悲催
七彩弧桥只是虹
虹是被阳光折射的彩色的泪

秋风吹熟了我稚嫩的心
令我不再放浪轻狂
饭后饮一杯清凉的绿茶
我可守着一汪静谧
在淡泊里沉醉

秋风吹悟了我的情
原来该讲给我听的话
你还一言未语
该说给你听的话儿
我在梦中
已说了千百回

风雨同舟

上山我是你的拐杖
下山你是我的扶手
这辈子　既然选择了你
注定要与你风雨同舟
我不图你的荣华
你不在乎我一无所有
只要有一个温暖的家
就是最大的渴求
天黑了
我走在前
你走在后
下雨了
我们肩并肩
手挽着手
无论何时无论何地
你都是我生命的另一半
与你长相依
一起到白头

影子随你去了远方

你说

分别的时候

会把影子留下与我相伴

自己要怀揣那颗曾经与我有染的心

流浪万水千山

届时

你的影子随你去了远方

心却还在原地流连

白狐

你是我先前失散的一只白狐

寻你踏遍了山中的路

山风呼啸是你在泣

雾锁峰峦是我思念的泪幕

我不是有意遗弃旧爱

也许你误以为我是远走高逐

我守在山楂树前把你期盼

把山楂盼红

把叶盼枯

终于有一天

寻到了你的影子

你已是饱经沧桑

形单影只

想把你揽怀

你却满面狐疑

轻轻把我推开

说已忘记了从前

人是人

狐是狐

人狐相约

只不过是勾勒的虚无

山林里养成了一身的野性

长年漂泊
习惯了风餐露宿
你迷离着陌生的眼神转身离去
已不是我从前怀中的那只白狐
苦熬的梦
难道已溘然长逝
空留下永不泯灭的孤独

你说读不懂我的文章

你说

是我的诗曾把你少女的心门叩响

从此你情不再枯萎

心蕾在绿意轻摇里怒放

我用云帆点缀的舒缓

为你铺设了安详的眠床

循环往复的枫红霜寒

让生活变得平淡如水

你也就悄悄剪断了曾在蓝天里穿云破雾的翅膀

系上水裙

点燃了炊烟

风干了娇羞的情话

一阵风吹来

翻开了我耕耘的长卷

让你欣赏

你却说读不懂我的文章

梦之河

芦苇是飘逸的诗

芦花是摇曳的歌

芦苇下的小溪

是稚嫩的童谣里潺潺的许诺

扬起一捧水花

把梦洒湿

折一穗芦花在空中摇

摇醒了故事一摞摞

芦花是梦中散落的旗

芦苇是心灵驿站里的音乐茶座

芦苇下的溪流啊

是童年的竹笛声声

从芦花上一点点滴落

汇成的

梦之河

塞北的雪

你是塞北纷纷扬扬的雪

像万只纤手轻触着我的眼睛

你飘飘洒洒的雪粒

是用爱情满满凝结的冰晶

这是悠扬的梵唱脱落的声屑

这是撕碎的白云撒在凡间的倩影

为什么我对你充满了爱恋

是因为你倾尽了短暂的一生

锲而不舍地为你的高洁来求证

为什么我的双眼蓄满了泪水

是因为爱的遥远碎落在山林

让我们在此相逢

你是飘飞一地的处女的圣洁

如我与心上人共浴一淙清泉的轻触

你是折断的连理揉碎的情醉

又似珠零玉落的一纸海誓山盟

你是风华雪月夜的呻吟

又犹如空谷里的虎啸猿鸣

你是妖冶里的俗媚

又仿佛一粒粒压在心坎上的我载不起的沉重

啊　塞北的雪

我深深地爱着你

化作一片云彩永不老去

我们拒绝煎熬时光的复制

殊不知那里也裹挟着美丽动人的飞逝

青春不能像明媚再来

我也不会奢望与曾经的爱

再从头相遇与相知

然而你可知道吗

年少如翠微滴落的甘露

像那夜空里的满天星辰

又像一首烂漫无瑕的诗

用蹉跎的岁月种植成小院深深的梦幻

幽径上的青苔呀

绿了几许

东房里的石磨声声

唤醒了我流溢的感悟姗姗来迟

爱过　也哭过

有谁知我心

我将化作一片云彩

飘啊飘

永远不会老去

想问你从哪里来

想问你从哪里来

又去何方居住

有意打听风儿

风儿不语

你像掠过的浮云

转瞬之间又消失在天的深处

你是载着满满的情醉又无法揽怀的雾

驶向你心岸的兰舟是遭遇了风凉

还是欣逢了幸福

如果谁能给我点亮一盏心灯

我再也不会畏惧为寻觅那份情缘

去遭遇激流暗涌和险滩塞途

想问你何去何从啊

我的佛祖

我要为你焚一炉沉香

祈祷能让我在沉迷中觉悟

救赎我吧

是不是所有为爱殉情的物种

皆因痴狂变得无限渺小

在人欲横流里甘愿沦为沧海一粟

一个虔诚的呼唤

一个男人的脆弱需要女人来抚慰

如果你有如此的能量

请给我力量的支撑吧

放着它何用

如果你把它悄无声息地带进地狱

又能怎样

难道你忍心看着一个铮铮铁骨在被抽去灵魂后悄然死去

来吧

我的神

我为你跪拜

这里不是深渊

是一个虔诚的呼唤

暮秋的落叶

我是暮秋的一枚落叶

披着季节抖落的风尘与树梢作别

把青葱的时光捻碎在往昔

不需来人深记

当初的草长莺飞　溪水清澈

落叶微微

我的阅历是一部长篇宏著

只是不知　你是不是愿意翻阅

落叶微微

我的忧思长长

只是不知　你是不是愿意打开

我心事的层层叠叠

落叶微微

我风尘仆仆也怀揣一汪诗情

只是不知　你是不是愿意走进我的心

做一个知音

在曲终人散时

最后一个握手惜别

今夜　无眠

今夜　无眠

思绪的海里漂进一弯月亮船

清辉　透过窗棂

洒在了枕边

想入梦　梦难圆

待月白风清

魂销梦断

潮湿的心

化作秋露莹莹

如红叶上的泪珠

摇摇欲坠

终成碎雨涟涟

我记了你一生

你曾爱了我短短的一段路

我记了你一生

今天你与我相遇

心却没有与我重逢

因为你曾经干渴的心灵没有碰撞出爱的火花

芳心已死

我的亏欠

如悬挂在柳梢上的残月

想充盈

需揽怀亿万颗星星

你像风儿一样转身走了

我的心啊

伫立在与你相遇的地方

远远地眺望

望着你

久久地望着你远去的背影

还与草原相约

我要离开草原

不忍给鸟儿说

怕你盘桓在我心灵的天空

来验证我不离不弃的承诺

我要离开草原

不忍给羊儿说

那逐草而居的羊群

是点缀在心头挥之不去的片片云朵

我要离开草原

不忍给她说

她那一双秋水盈盈的眼睛

是如此质朴与执着

离别的回眸

泪水会如雨一般坠落

我要离开草原

不忍给风儿说

怕风儿跟着我

肝肠寸断的送别

会把感情的海

酿成一场波澜壮阔

鸟儿啊　我走了

你闪着羽翅是在挥手作别

羊儿啊　我走了

你咩咩嘶叫

那是一首缠绵的恋歌

只有丝绳上晾晒的蓝色坎肩

在风中孤寂地飘扬

转过身

抹一把湿润的眼睛

来年溪水淙淙的季节

还与草原相约

水滴成了泪珠与忧愁

凉风习习

吹落了片片枯叶

于是季节成了秋

淡淡的晨雾

凝在桂花叶上

成了浅露

上帝啊

你洗了洗头

飞溅的水滴

都成了雨

我洗了洗我的长发

坠落的水滴

怎么都成了泪珠与忧愁

守望你的影子

寻找你千百次

不见你影

只有与你在梦中相约

那转瞬即逝的安慰

又匆匆消失在无尽的落寞里

为此　我贪恋上

一个又一个黑夜

漫漫长夜

我们相遇在那个瞬间

在那个地方

在那段不能迟滞的虚幻里

我拖着忧沉的脚步

总也走不出这条深邃的时空

我只能任凭一腔执迷不悟的情怀

持恒地守望着

守望着每一个长夜相会你的影子

奔赴炼狱之火

如果没有思想

我可成为树

如果没有情感

我可成为青草一棵

如果没有哀愁

我可成为白云

如果没有灵魂

我可成为水泊

偏偏我是生命

只能无奈地奔赴炼狱之火

我没得选择

就让我去忍受煎熬吧

我这五尺男儿

不相信风雨能把我摧残折断

也不相信烈焰能把我烧成灰烬

我和你

积攒了一天的话

想对你讲

你已就寝入睡

你拽醒了满天星辉时

我还沉浸在梦乡

同居一室

却是两个世界

你属于黎明

我属于夕阳

致——AY

远方的人

不要因思念而哭

恨自己不能翻山越漠换回你的孤独

只能哄你渐渐入眠

然后潜入你的梦境

把我不能近前呵护的歉疚在梦中弥补

你不要在千里之外为思念而哭

不要怨牵挂难舍

为心添苦

谁让你早早烙下我的印记

谁让你是我千百年前放生的一只白狐

还是擦干泪

不要再复读那一封封褪色的情书

过期的缘已死去

我虔诚地为你冥冥之中落魄的情魂超度

如果一个陌生的爱能悄悄敲开你的心扉

那是我为你祈祷的

却让我心流血的

另一个

归宿

秋波不愿掩藏

你为什么感染了爱的病疡

本该心仪晨曦

你却痴迷上了夕阳

日落时的红韵无力点艳你的百褶裙摆

落俗的心又无法罢却红尘的毒汤

想走近你却生逢径的绝谷

连接你我之间的红颜情又隔着高高的篱笆墙

既然我们月不同圆

为什么风烟不能吹灭你引燃的欲念

不是我无法舍弃柔情似水

是你眼睛里的点点秋波

总不愿掩藏

厦门女孩

在我需要帮助的时候，你轻轻地走来，给了我一元硬币，然后默无声息地走了。

你送我那一枚小小的硬币啊

像一股春风

吹绿了心中的山岗

厦门女孩

我曾为你美丽的心灵讴歌

也曾为你抒情为你赋诗千行

没有留下你的住址与名和姓

不知道怎样才能把这百米长诗

寄到你居住的里巷

你是黑夜航行在大海里闪耀的灯塔

你是跋涉在茫茫黄沙里际遇的北斗星光

你是穿行在大山深处凸现的一尊路标

你是炎炎六月拂面的一股清凉

我们素昧平生

你把一个大写的爱撒在一个异乡人的身上

说声谢谢

你只是微笑地摇了摇手

想记住你的名字

你说你的名字叫海洋

厦门的夜色如此迷人

只因这个头戴夜光环的姑娘

茫茫人海里

不知道能否再相逢

再相逢

我定会还你一轮太阳

让我再爱一次

在相逢的路口

我已等了你一个世纪

相遇在那个瞬间

沉重的思念梦叠着对你的爱已走了千里万里

为什么有一天

你给了我你的吻又消失在西风中

短暂的相逢成了一个只把虚幻撒在意念里的知己

你是我夺眶而出的那一滴酸涩的泪

我处心积虑地掳掠了你的心又无奈地把你放生

那是一种什么样的别离

如果今生不能相恋

到来世

能否让我再爱一次

想喝你一碗酥油茶

久久地立在你毡房外

像树又像影

酷似一头落单的羊儿

在云游飘零

美丽的姑娘

想喝你一碗酥油茶

却不见你出帐邀迎

我马儿的铃铛在咣啷地响

你是在睡梦中

还是已远行

我在你毡房外

痴痴地等

却没有勇气一展牧羊人的歌喉

呼唤你的姓名

天上的白云

已无奈地坠落远山

毡房外除了我与马儿

有蓝天

还

有风

痴恋

你已很久很久

没有描摹你的妆容

只因你把爱不释手的眷恋

裹缠了千千层

你常常把珍藏的无声的情诗

在夜深人静时自己为自己悄悄吟诵

你固守的爱已行将就木

不知道怎么才能把你从执迷不悟中唤醒

每一次夕阳红尽

你都翘首以盼

每一次梦断情筋

你都珠泪莹莹

忽然有一天

一个朝思暮想的声音

从虚幻里飘进心门

你急忙又翻出了落满灰尘的妆镜

让风儿捎去思念

那时还不懂爱恋

你总是藏匿我的书本

制造事端

不知道那是不是爱的小荷才露尖尖角

懵懂的心总是误伤你的自尊

让你泪水涟涟

老师说你是一个调皮的女生让你降级

从此我只能暗暗相思如隔断了山峦

想翻山越岭做一只探春的鸿雁

又不敢像云彩一样紧贴蓝天

待我金榜题名时

远离故乡

我也就像一挂消失在海平线上的远航的风帆

近日愈来愈浓的牵挂

日渐见满

悄悄让风儿捎去了我珍藏许久的思念

痴痴等来的是空无一字的消息

徒让我倍生无尽的缠绵

你走吧

你走吧

山峦不走

有山作陪

我可以静观风景

背依山腰　头枕山梁

你走吧

溪涧不走

有水作陪

叮咚的音韵

是为我吟咏的轻歌

我还可以采摘晶莹的浪花　别在身上

你走吧

森林不走

有森林作陪

我就有心灵栖息的驿站

不再为那不了情挂肚牵肠

你走吧

红日不走

有阳光作陪

我就能沐浴流动的光辉

早有朝霞

暮有斜阳

我知道你喜欢雨

我知道

你喜欢雨

雨能稀释你淤积的忧伤洗涤沉淀的悲凉

我知道

你喜欢雨

雨能浇灌你情怀里枯竭的渴望沐浴即将凋谢的芬芳

我知道

你喜欢雨

雨能让竹翠柳绿万物生重新勾起你爱的缠绵

我知道

你喜欢雨

雨能让你深邃的意念在大彻大悟中重新思量

既然你喜欢雨

我想问

你为何总把倾城一笑献给艳阳高照

既然你喜欢雨

我想问

你为何总把颂歌唱给晴空朗朗

把爱分放来世今生

你是我前路上盛开的一朵奇异的花

执着地等待与我相逢

我从你身边走过

闻你的馨香

却不敢采摘你浓浓的情种

花儿虽艳

你是迟开的情窦

已有先到的风儿

吹绿了我的心灵

从此你与春风结下了无法了断的仇怨

我只能把那纷乱如麻一刀两断

一放来世

一放今生

为了今生的爱

我会珍惜韶华如驶

为了来世相约

哪怕匆匆老去

我也要风雨兼程

也许　是太多的也许

不知道

我的心

是否还深爱着你

如果爱

我酒后的放歌

为什么总是如诉如泣

不知道

我的心

是否还时刻惦记着你

如果惦记

多少个朗朗的晴空夜

为什么总不愿向星星提及

也许

是太多的也许

让情切切意绵绵变得瘦骨嶙峋

也许

是太多的也许

让雨深深雾蒙蒙变得扑朔迷离

你却带不走我一颗泪滴

夜风

是那么的寒凉

月光

是如此的凄迷

我不知道

心向哪个方向敞开

才能在这清冷的夜

不再让我感觉

只有我自己在轻声叹息

我来了

这是曾经相约的地方

这里有我的

最后的爱

这里有我的

最初的诗

只是

月色　如愁

风声　如泣

不要让千滋百味的抒怀

再把已埋没的曾经勾起

我不想在这样的傍晚

去追逐随风而去的云霓

与你初相遇
你倾诉给我一万种语言让我选择
我统统收下
在曲终人散时
你却带不走我一颗泪滴

燕子

你衔着春天的消息翩翩而来
在落英缤纷的时节
又悄然飞走
问了你一千个为什么
你说不出一句不愿长住的理由
谁可知我为你的空巢
相守了数不尽的冬秋

你衔着春天的消息翩翩而来
怎样才能让你把归期延迟到白发满头
盼你总怕春光老
不愿把相聚变成又一次分手
二月春风似剪刀
剪断的是细柳
剪不断的是爱恨情仇
情悠悠　恨悠悠

你衔着春天的消息翩翩而来
燕子啊　如果让你选择唯一的家
你的心
是在这头
还是在那头

你偷偷剪了一块蓝天系在发间

为了让你露出久违的笑颜

替你掐了一朵染着太阳红韵的杜鹃

想让你在睡梦中放纵

给你讲了一千零一夜的故事长篇哄你入眠

想让你生活中的点点滴滴把甜蜜粘满

为你一日三餐用诗意调拌

在没有我的日子里

怕你孤寂

为你寄去一簇抹着甘露的并蒂莲

叮嘱你不招惹清风

为什么

你还是偷偷剪了一块蓝天系在发间

你是我的唯一

无论
你怎么说
你都是我的唯一
我只是
把苍茫看作了痴迷
把远方看作了知己
把心许配给了星辰大海
把风雨留给了自己

无论
你怎么说
你都是我的唯一
我把臂膀伸过千山万水
为你拨云驱雾
你的眼睛里为何仍然蓄满了泪滴

不得不拾起旧事历历

你掉落了一池粼粼的波光

光影里映射出你执迷不悟的倔强

想起你又不得不拾起旧事历历

无法把持的泪花再也不能在眼眶的静默里掩藏

双目滴落的是滚烫的雨

脑海里重现的都是跌宕起伏的过往

不知道有多少流逝的记忆还能梦回

澎湃的心潮撞击着我已承受不起大起大落的胸膛

我静下神

掂起砚磨的浓浓笔墨

把那如诗如歌掺着苦酒的如戏人生勾勒在洁白的纸笺上

想恩断义绝

却别梦依稀

想描写红尘千重

那如茵的激越已随着暮秋的夜风渐凉

是什么让我本该苍白的悱恻又重新彰显

是什么让我潜入骨髓的不了情日渐见长

是那涧水长蓝上溅落的盈盈笑语

是那再也无法掩埋的剪不断理还乱无法罢却的情殇

思念那片土地

你选择了一个遥远的地方
去拼搏
竟忘记了那是我的祖籍
我来自那个遥远的地方
在此栖息
于是
这儿成了你出生的故里
每当
你想念
迢迢来到我的身旁
我的心便循着你来时的路
飞回了生我养我的那片魂牵梦萦的土地

阿丽娅　你在哪里

道别的苦酒尚未举杯

曾与你有染的那颗心已碎

皆为你啊

阿丽娅

你饮半杯酒醉

又何尝不知你是为谁

我无法捎着你去看天边的彩霞

那是一个不能长出女人的世界

没有你的日子

我每每与风尘为伴

常常邀孤独干杯

我把卧榻前的绿茵与诗都为你珍藏

总在梦的恍惚里与你依偎

我回来了

你却走了

你没有留下一纸字条

满天纷乱的星辰好似都是你写的忏悔

阿丽娅

你在哪里

我握得住拳头

却握不住风

我止住了泪水

却止不住伤悲
原来
等待也有期
你能不能告诉我
是不是风在催

流星

你是从我心中掠过的一颗流星

用你炽烈的光芒刺破寥廓的夜空

还没来得及表达我的爱慕

你就已诀别了生命的征程

泪水滴落不到你的枕前

只能把无尽的扼腕长叹

深埋在你的背影

我曾日日痴迷地等待你到夜深深

想与你百年厮守的期盼

成了蜻蜓点水般的相逢

你只是回头微笑点燃了一缕荧光

试图照亮一条让我回心转意的小径

然后挥了挥诀别的手

撩碎了一帘风雨情浓

这辈子

注定我们不能同在一轮月下

共赏花影

我只能把爱的抒情诗

在悲催里为你默默吟诵

用奔涌的泪滴

为你祭奠

再用泪花折射的晶莹垒砌一座来世相约的彩虹

如若真有来世
我会在你降临的地方化作一棵树
执着地
等待与你重逢
哪怕
依旧
来去匆匆

斜阳

你是掉落湖心的一抹斜阳

我欲捞出波纹上绵绵的荧光

捞起的一捧捧不是日晖

是一滴滴的怅惘

你是那一汪赤红的花瓣在水中漂荡

像一缕暗恋的游魂无处隐藏

我想捞出装点我的彩裙

不料捞出的都是幻想

如果你能成为一株红莲

我会成为托举你的水

如果你是一抹随风摇曳的虚无缥缈

我愿成为水中的倒影

与你相互模仿

做一回你水影里的新娘

我如果是你心中的海

如果我是你心中的海

你就是我心中的帆

等待你驾长风来靠我的岸

如果我是你心中的白云

你就是我心中那片天

我在你心中飘

你是我披在身上御寒的衣衫

如果我是你心中的彩蝶

你就是我心中那株芬芳

无论我飞到天涯海角

你都是我心灵栖息的驿站

如果我是你心中轻柔的声息

你就是我心中那一江寒月

邀请你

静听

我柔波中的细语呢喃

为何悄悄打开我的窗户

月光啊

为何悄悄打开我的窗户

你的明辉洗涤了我昏昏欲睡的目

沐浴你柔美的凌波

静享万顷孤独

你蹚碎了我平静的心纹

用你那不识时务的凌乱的脚步

与你窃窃私语

与你倾诉肺腑

月光啊

为何悄悄打开我的窗户

我在风中默吟

吟诵甘苦

吟到北斗西斜

吟到风静如初

吟到浓浓的夜色拉上了帷幕

吟到情至深处

我轻轻地哭

我的心像三月的雨

迎风沙沙

又像一树残叶怀抱着酸楚

卸下满满的清愁
依偎着摇曳的凤尾竹

月光啊
今夜无眠
我再不愿关闭你打开的窗户

不能送你玫瑰

送你一两月辉

又加二两太阳

再送三两清风

另赠四两海浪

不知道

你是不是稀罕

但唯独

不能送你玫瑰

因为　你已是别人的新娘

既然你已嫁给了天际

只能拥抱远方

我送你的是祝福

咽下的是悲伤

心若有知

远在天涯

也若唇齿相依

心淡了

即使近在咫尺

也如隔了海洋

写给春天的信笺

不经我的默许

请不要私自拆开我写给春天的信笺

不怕过早宣泄我叹春的哀婉

也不怕有谁悄悄诵读我写给春的诗篇

只是不要过度解读我行踪的点点滴滴

制作花边新闻　公布于报端

不想让风儿把我短暂的与水相依

看成泛滥的缠绵

不想让风儿把我的闭目沉思

说成日暮山寒

不想让风儿把我对春的痴狂

看成放浪形骸

不想让风儿把我激动的泪花

说成落雪片片

不需要有谁替我传扬月白风清

还是让我自己

亲自向春天

说出心中的

万语千言

如果

如果我是一棵小草

我会选择沙漠中萌芽

用我微薄的生机

聚集一个沙海中的绿岛

如果我是一条小溪

我会流向沙漠的深处

只要能带去一点点儿甘泉温润

哪怕一去不回

也算长眠在了沙漠的怀抱

如果我是一首歌

我会飘荡在沙漠的魂灵里

用音符化作翻云覆雨手

去安抚沙海

感化沙海千年的桀骜

如果我是爱情

我会跋涉在沙漠的脊梁

让艰难与爱情联姻

然后把心头激情的火苗

就着沙海的热浪一起燃烧

没邀星辰来做证

想把《再回首》唱给你听

又怎奈被苦涩的泪水迷蒙了眼睛

低下头是稀疏的月影

昂起首是惨淡层叠的沉重

与你的际遇

也许本就是一个错误的萍水相逢

不再纠结那飘逝的缠绵

从此我们各自的心灵里

仍是云淡风轻

既然你不再等待穿一袭轻柔的白纱

我也不再盼骑马披红

许下的诺言轻轻叠起

立下的誓约一把火点着做只照明的灯笼

只是我们相处的岁月

短暂得令人哀伤

多亏没有来得及邀请星辰

来做证

不知道你在等待什么

不知道

你在等待什么

我已悄悄来到你的身边

带着无声的呼唤

你是初春的蕾

我不敢触摸

怕你即将舒展的瓣碎落在我手的轻捻里

多少次你让我分享了你的芳香

多少次凝视你顾盼生辉的目

你的笑你的飘逸

大方地展现在我的视野里

用你无形的魅　向我招魂

可我愚笨的心总是不能把握

总是错过扑面而来的春意融融

如今我终于断然地向你走来

你的心却静止在我触手可及的地方

我迟疑地停下了

你却像一棵静静的树

我已悄悄来到你的身边

不知道

你还在等待什么

是不是芳心已碎

柳絮掉落地上
方知寒尽春回
残叶掉落地上
方知季节在催
雪片掉落地上
方知命薄如水
汗滴掉落地上
方知苦涩如泪
有谁可知
手中的玫瑰掉落地上
是不是芳心已碎

歌声

歌声

有时像海浪欢跃的奏鸣

有时又若山谷娇啼的黄鹂

有时如珠翠声落

有时似幽咽悲戚

不知从何时变了

柔美的音韵成了轻描淡写如呢喃细语

余音不再绕梁

天籁之门已关闭

不得不把对歌的爱

化作一声叹息

有的歌　好听

却不再唱

有的歌　不想听

却潮涌般响起

相识是美丽的错

我们不该相恋

恋了为何让我放不下又拿不起

让孤灯做证

有多少个夜深深传递着我的轻声叹息

远走的人

为什么就盼不来一曲哄我入眠的歌

在这个世界上

你不该让我独自享受孤寂

哪怕你捎来一缕云烟

好让我感知远方的惦念

我真的怕你高举右手的信誓旦旦

熬不过千山万水的距离

我们不该相恋

恋了就无法罢却两情依依

哪怕听到黄鹂啼鸣

也常误以为是你轻柔的声息

因为想念

在梦中与你相约

站在离天最近的地方眺望云曦

是不是我们的相识

是一个美丽的错

也许命运里注定

我们不只是相遇

还有分离

一阵恼人的秋风

叶落几片

凉又几重

本已挽不住了你的手

为什么又刮来一阵恼人的秋风

吹走了你的心

吹醒了我的梦

那一派秋色成了满目的烟雨

一切尽在不言中

叶落几片

凉又几重

还没有坐上你的花轿

为什么刮来一阵恼人的秋风

伤了我的心

带走了你的情

爱没了踪影

叶落几片

凉又几重

为什么刮来一阵恼人的秋风

捋一捋散乱的长发披在肩上

揉一揉被风吹皱的眼睛

不能给你爱情

你给我一颗星星
我还你一条银河
你给我一束彩霞
我还你一轮太阳
你给我一粒种子
我还你一棵绿苗
你给我一滴水
我还你一片海洋
你给了我一缕秋波
却不能还给你爱情
我已把爱交给天上的月
月亮扯了几片云彩
已把它深深地
在心中掩藏

醉了　哭了

醉了　哭了

泪水是宣泄的雨

飘飘洒洒淋湿了秋

醉了　哭了

泪水是心坎上的涓涓溪流

流走了忧伤

洗涤了沉淀心底的秋愁

醉了　哭了

泪水是缠绵与幽怨

让我们折叠起悲凉

抹去泪向明媚招招手

醉了　哭了

泪水是一壶难咽的酒

再苦

也得添杯

咽下惆怅

扬起眉头

说一说与月亮过去的事情

为什么我总爱与水相依

临水吟咏

因为水中的芦苇

总爱招惹清风

我有意想与风儿

敞怀倾诉

说一说与月亮过去的事情

又怕风儿吹来白云一朵

遮住了缀满故事的星空

那时的月亮

也在水边住

岸上有风

水中有她的倒影

觉悟

不知道你施展了什么魔咒

让我不顾一切地向那一束微弱的光亮疾奔

为追逐那些许的微不足道

熬落了数不尽的夕阳

摇醒了不知多少个清晨

终于走向事后才觉悟的虚无叠加的虚无

我甚至找不到一个偏僻的角落

悄悄让我悔泪沾襟

不知道前路还有多少个诱哄我的缥缈的向往

真的怕影影绰绰的空空洞洞动摇了我对崇拜的坚信

想一想

还是放下血脉贲张的亢奋

入列曾被我撇在身后的芸芸众生

做一个寻常又寻常平凡又平凡淡泊又淡泊的人

影集

你曾说将来的某一天
翻开影集
是最美丽的纪念
于是
我小心翼翼地把它珍藏了经年
今天打开
封存的影子一幕幕重现天日
没有看到岁月静好
看到的是一池碧波微澜映入眼帘
记住的爱恨情仇都成了伤感
记不住的点点滴滴都成了云烟

你的笑

你的笑是如此甘甜
笑得我的心与你没有了距离
想问一声你笑里隐藏着什么样的秘密
你却缄默不语
你的笑是如此的魅惑
让我的心湖平生涟漪
有时悄悄走在你身后
你却刻意躲避
想为你斟一杯酒
你摇了摇手
为你摘了一片云彩
你用它搌了搌滚烫的面颊
落下的却是掺着苦涩的雨滴

风儿什么也没说

春天来了
你说嘱咐大雁来看我
我走了长路三百六十五
不见雁的影
只有白云飘过

秋天来了
你说让风儿告诉我
我与风儿交会在心的十字路口
她吹落了几片残叶便了无影踪
风儿什么也没说

天边还有一枚新月

我不知道

你一直在等待我迟来的消息

我不知道

奔流的时光河水飞腾的浪花

溅湿了一个小女子的希冀

本以为掉落的夕阳

已经苍老

是西风

吹开了天边的云彩

才让我想起

还有一枚新月

悬挂在天际

新月就是一弯月亮船

我只知道她是一首氤氲的歌

却不知道

她是你挂满了清愁的眉宇

看雪

您喜欢坐在阳台赏雪景
年复一年不见雪
雪去了天涯
今年终于雪纷纷
您已长眠地下
从此
我再不愿坐在阳台上来看雪
因为
我看到的
不是雪花
是泪花

请给我浪花一朵

如果你是一只小羊
我就成为草原
如果你是一条鱼儿
我就成为湖泊
如果你是一只黄鹂
我就成为森林
如果你是一只蝴蝶
我就成为芬芳一棵
如果你是茉莉
请你给我香气一缕
如果你是明媚
请你给我温润一抹
如果你是云涛
请你给我甘霖一瓢
如果你是大海
请你给我浪花一朵

不做那片云彩

我不管你与辉耀的星辰是不是真爱

只要在你的眼睛里

私藏一丝暧昧

我就是多余的存在

潇洒地挥一挥诀别的手

背起行囊

遁入不缺风情万种的茫茫人海

既然你仰慕蔚蓝的天空

我就不做那片云彩

如果你是我今生缘

不再去寻找

迷失在银河里的缥缈的幻想

不知昨日的星辰

还能否映照在今日的晚上

历经了如此多坎坷的风折溪断

有谁在我心事满满的夜

掠去我哪怕一丝丝的怅惘

想与那个久驻心底的未知相逢

也不知道那是小城古街上的灯影

还是拉开窗帷

泻入窗棂的一缕月光

如果你是我今生的缘

请让我依偎你深深的怀

不要再让我那漫空飘忽的灵魂啊

无处安藏

我只是一片云

我只是一片云

请你把我遗忘

我来自遥遥的天际

又要去迢迢的远方

谁让我们情深缘浅

像酿酒的葡萄

也会风干

天上的鹰

不能因为留恋山巅

放弃翱翔

我的每一次张望

不是想看你泪湿衣襟

我的每一次牵挂

不希望你为我寸断肝肠

只渴求有一抹霓虹能重新燃起你的灿烂

不能一味沉浸在流逝的过往

月辉

是送给你一首婉约的诗

晨曦

是送你隔断梦魇召唤希望

轻风习习

是为你纷乱的思绪暗送的清爽

小雨沙沙
是为你祈福泼洒的吉祥
我只是一片云
轻轻的我走了
向你挥一挥衣袖
踯躅在雨中的
那个发呆的
姑娘

错过了爱的驿站

总想摘下最亮的一颗星辰披戴发间
为了寻找那束璀璨
我走了很久
也走了很远
终于有一天
在我疲惫的时候想找一个归宿相依
蓦然发现
我已错过了爱的驿站

我俩不该相逢

我俩不该相逢

不相逢

我们各自心中的天一直云淡风轻

我俩不该相逢

不相逢

我是我的一片绿

你是你的一抹红

既相衬相映又泾渭分明

我俩不该相逢

不相逢

我是你的思念

你是我的憧憬

我们无须走过那一弯七彩美丽的虹

我俩不该相逢

不相逢

在转身别离时

就不会扛起一肩的怅惘

各奔西东

向日葵

霜夜

不再听你倾诉俯首低吟的哀伤

你骨子里满满的欲火

时刻准备追逐肆虐的骄阳

曾几何时你言称看破了红尘拒绝白昼的炽烈

只在日落后独享静默不再血脉贲张

没承想待到旭日东升你又扬起了高高的头颅

迅即把金黄的笑脸献给红太阳

并非强制约束你张扬的个性

只是你的矜持成了虚假的榜样

暗夜到来又重新让你心跌底谷

你低下暮秋里的头颅重又泪千行

向日葵啊

我不再听你倾诉俯首低吟的哀伤

你对名利有着强烈的欲望

你的素朴被风刮走

你飘落的花瓣我不再珍藏

离别总是悠长

每一次的相逢

总是那么短暂

每一次离别后的等待

总是那么悠长

日子里点缀的总是寂寥与落寞

梦寐里浸染的总是淅淅沥沥的忧伤

我期盼什么时候相遇

不再执手泪眼

与你吻别时

不再是藕断后的纤丝

让人挂肚牵肠

如果每一次等待的光阴里

不再有黑夜

就会把寂寞缩短

如果每一段相会的路

都能折叠

就不再天各一方

如果有一天

如果有一天

我们能在此初相遇

我会牵着你的手

去林中际遇风花雪月的影

如果有一天

我们不再年轻

我会一如既往地扛着你的臂

捞月亮摘星星

如果有一天

我们已步履沉重

我会与你日日相拥

不再惦念

山外撩云拨雨的风情

如果有一天

你先我而去

我会在堂前为你焚一炷香

祈祷我俩来世还能重逢

风筝

我是一只放飞的风筝

心比天高

却无意挣脱那根拴系的丝绳

我一路挥洒浪漫

是彰显我的曼妙

求奔放

向自由翱翔

是想去看云彩上的天空

不要纠结我会成一匹野马

桀骜不驯

断了缰绳

如果有一天

那根连心的丝线真的扯断

我就会掉落荒野

在风尘中飘零

也许　还会相见

也许

还会相见

只是不知

我们的重逢会在哪一天

你送了我七寸青丝

我装在纸封里珍藏

当作牵心的线

我扬手为你摘了一枚红叶

让你夹在日记的扉页里

当作我们

某一天

相会的船

问

是上天堂
还是入地狱
谁来抉择
不是你
也不是我
只知道
安然
是眠
炼狱
是火

重逢酒

当初

只知道一别万里

不料相聚无期

今天

想喝重逢酒

为何都不再提及

也许

彼此经过了太多的风历尽了太多的雨

不忍相见时露出满面疮痍

一切都是浮尘

让我们相视一笑

把手中拳握的爱恨恩怨

化作指缝中溢出的水滴

还是选择相约

让我们走来

找回失落在时光中的友谊

哪怕以茶代酒

让盛满故事的酒杯高高举起

一枚枫叶

一枚枫叶

如果是一只船

我能否摇着它去银河

观赏星光灿烂

一枚枫叶

如果是一弯月

我能否借月辉缝制一身五彩缤纷的锦缎

一枚枫叶

如果是一只飘零的雁

我能否随它去看外边的世界

一枚枫叶

如果是一节音符

我能否踏着它的乐理

舞蹁跹

我捡起一枚枫叶贴在耳畔

听到的是燃烧的呼唤

勾起了往事千年

淡泊的人

不要许我以星辰大海

我只企求五谷丰登

风调雨顺

我也不要诗与远方

只祈祷今夜

不要让我泪涔涔

一碗稻香

一杯清茶

晨沐浴甘露

晚陪伴夕阳

对月临风

我是一个淡泊的人

在飞花中沉醉

想把希望

系在蒲公英的绒尖上

轻轻吹

即使在这朗朗的月下

也无法甄别

它是飘向了天空

还是落入流水

我只能

借着这飘飞的英绒

把忧郁吹散

把纠结捻碎

捕捉那转瞬即逝的安慰

也不管它是不是踏上了远方的路

也不计较绒丝能否把天边的彩云追回

只要蒲公英能漫天飞舞

我的心

就会在飞花中沉醉

你总是愁云满目

湖水与太阳相逢
总是满面红韵
送去了涂满胭脂的唇
扬起激情的吻

你与我相逢
总是愁云满目
是我的爱不够执着
还是你心中的湖水不够清纯

南湖渔火

夜幕下的南湖

一盏盏的渔火在闪烁

想走近诗意满满的渔舟

又宛若走向了无尽的寂寞

这是一汪静谧的风景

像隔着一个千重的遥远

那明明灭灭的灯影

是银河里的荧光点点零星的掉落

夜幕下的南湖

是浸染我心灵里的一首氤氲的歌

我又不敢轻吟

怕惊扰了水上的静默

想知道谁是那水上人

于无声处

独钓一湖清波

最后一次牵手

那是我们最后一次牵手

一个有云又忧郁的晚上

你带着微微的笑

化着淡妆

还像当初与我十指相扣

只是很轻很轻

你本该温润的手

已被跌落在晚秋夜寒里的心浸凉

你把曾经的爱带走是我最大的无奈

如今让我独自品尝什么是黯然神伤

尽管这是一个流泪的天空

也想让今夜变得格外悠长

只是一切都不复在

你将离我而去

一个绵绵无期的落寞

已铺在了你转身后我归去的路上

我是一棵草

我是

一棵平凡的草

低矮

却不烦恼

不指望长多高

心本就低调

出身寒微从不乞求际遇多少绚烂

生逢多少微笑

厄运

总是光顾

福音

总是缥缈

世事不公

也从不横眉冷对

拔剑出鞘

被人踩在脚下

也只是低了低头

却折不了腰

我是

一棵平凡的草

内敛

是我固有的情操

低矮

也一样抬起高昂的头颅

我仰望蓝天

只是欣赏云飘

从不奢望与云拥抱

祈祷光明

我的思绪

沉重得像坠落的夕阳

夜幕降临

静悄悄

唯有自己的一颗心跳动的轻响

槐树下的阴影

是我低首的沉思

我不知道

一弯皎月已经悄悄爬上了天空

我还在诅咒黝暗

为祈祷光明

低吟浅唱

已不是那时的云朵

这把风景椅
你我曾经坐过
一起欣赏湖中的水波
满满的心事贴着水波起起伏伏
心中的涟漪在水波后边跟着

这把风景椅
你我曾经坐过
一起欣赏天上的云朵
稚嫩的幻想陪伴云卷云舒
心中的爱也与云一起飘着

今天　我又来到这个地方
低头看水
抬头望云
水波仍是那时的水波
云朵却不是那时的云朵

知音

今天是你的生日

不知能否送你一束玫瑰

想为你播放一首怀旧的歌

不知能否为你选择一曲《高山流水》

想与你在小店僻静的角落举杯把盏

把缘溶在酒里

又怕倒得太满

推杯换盏会不小心把你一颗玻璃心碰碎

既然是知音

我不再渴求

在雨中

一把小雨伞

能成为我俩共同的天

只要心相知

又何必在意我是不是你的河床

你是不是河床上流经的水

我会不会成为你的唯一

被风儿吹去的缘

我已无法伸手触及

不知道今天你是什么样的心情与我重逢

我又怎能不重新拾起那已褪色的记忆

如果重温往事也是一种幸福

我想从你的梦影里看到我是什么样的自己

我已感知你眼神里储满了惆怅

我多么的想知道

如果岁月能从头再来

我会不会成为你的唯一

雁南飞

那年

你走时

雨在下

风在哭

送你

长长的路

如今

雨在盼

风在呼

长空

无影

迷蒙了目

是不是

你忘记了归途

你却嫁给了风

相约
短暂的离别
是为了更甜蜜的重逢
不承想
在我度日如年的光阴里
你却嫁给了风
问你
为何吞噬当初的诺言
你说
是五彩缤纷的世界
迷惑了你的眼睛
不需要你跪在寺前为我忏悔
也许今世
我们本就不该同读一本佛经

化蝶

不要嫌弃我寄寓叶前
任凭世俗奚落万般
我的低调
是为了蓄势待发
在等待千年一次的蜕变
相信有朝一日
必定会化蝶破茧
一飞冲天

你是我心中不落的帆影

无论你走多远

你都是我心中不落的帆影

皆因我的错

我不该为追逐那抹清凉唤来寒冬

我用笨拙的手折叠着褪色的衣衫

就像在吃力地整理已被撕裂的爱情

没有你的日子

一切是如此杂乱无章啊

一颗漂泊的心

总也寻不着一丝散落的温情

请你不要把过往统统埋藏

不要用伤感的泪水迷蒙了眼睛

北山有我们一起栽下的山楂树

我会守在树下

等待你归来

盼你在山楂红了的时候

那扯不断的儿女情长会溢出你拳握的指缝

我在呼唤

回来吧

我亲爱的你

小河

小时候
村头有一条小河
不知道小河从哪里来
也不知道小河流向何方
掬水　晃沙　嬉戏
水边红柳里捉迷藏
河畔堆满了五彩的梦
梦随那水波一起荡漾
后来长大了
小河成了一条小溪
没有了儿时的神韵
溪水不再欢畅
我的梦瘦了
瘦得只剩下幻想
今天
小河没有了流水
只撇下干涸的河床
河床里长满了杂草
梦也就随草一起荒凉

篝火

围着你伸出张扬的手
不是天有多冷
是我们为放松的心
找一个合理的支点
点燃一堆蒸腾熏灼的气息

围着你映红了一张张面庞
不是黑夜里贪婪你赤橙的色彩
是想借你的光源
照亮半荒芜的心路
撩拨那株枯萎的感悟雪藏已久的沉寂

围着你尽情放歌
不是蛊惑于你噼啪作响的梵音
是我们释放了蜗居的激情
解锁了平复已久的困抑

围着你雀跃起舞
不是借你炫燃的妖娆来衬托我们的婀娜多姿
是我们手牵手
拉近了心的距离

盼有来世

您在时

诲语谆谆

不觉得真挚

您走了

想再听

已太迟

本来

我不相信有神灵

今天

我盼有来世

忏悔

我何尝不知您已走向疲惫的尽头

我不愿相信那幽深的夜幕里一盏孤灯将熄灭在招魂的路口

心中向好的希冀像一柱矍铄的星光挂在夜空

没有顾得把最后的轻语低吟与您帖耳俯首

您没有撒下弥留之际的呻吟

把慈祥的淡然自若寄存在我忧郁憔悴的眼神后

待您飘忽的灵魂在悲催中走向了遥远

留下了我无法卸载的遗憾在半山烟波里愧疚

我忏悔的泪在流

我的心在捶胸顿足里颤抖

冷峭的风

徒让我在最无助里悼念悲秋

我多么想能再获得一次上苍赐予的恩缘与您重新遇见

并去搀扶您那颤巍巍的身影

我多么渴望神主能眷顾我一次

哪怕只一次

让时光倒流

乌伦古河

虽然孤寂

也从不叹息

涓涓细流

仿若从远古走来的悠长的思绪

这里

不只有大漠戈壁

也有葱茏

这里

不只有风沙

也有青山逶迤

只是

有谁肯光顾这个茫无涯际的地方

只是

有谁能把这条蜿蜒的河想起

啊　乌伦古

我虽然已从你身旁匆匆走过

就像离别的人

总有一泓牵挂

与你常依依

看惯了炊烟与秋风

秋天　是梦

秋水　是影

秋色　是红透的百叶

秋天的蝉音　是悠扬的琴声

那一秋纤尘

是我驾着赶集的牛车扬起的风烟浮动

大戏　在萧瑟中杀青

那是收割

序幕　在黄土上开启

那是播种

沉甸甸的喜悦压折了秤

闻惯了秋天的泥土

那是对故乡无法卸载的一往深情

我曾一次次癫狂地捕捉五指缠绕的飘絮

我曾捡拾秋秧下的落叶

片片沾染的都是童稚与虔诚

滚一身沙粒

拍打在灶前

炉下的草灰

是秸秆与火的重逢

围坐的土炕

都是满满的暖

柴米油盐是叠挤土墙上的一道司空见惯的风景

我深深地爱恋着这块土地

是我乡音未改

我深深地钟情于这抹乡野凉露

是我看惯了炊烟与秋风

等待

我在沉默中等待你给我一个伴春破土的稚嫩精灵

哪怕是一抹绿

一份柔情

也许那是一泓在孤独中积攒了千万年的灵犀

尽管你姗姗来迟

拘谨地携着向晚的消息

也许大地不肯退去最后一抹清凉

或是不肯大方地揭开初春的纱帷

让藏匿在惊雷之下的那株萌芽

小心翼翼地探出懵懂的头颅

我等待着

等待着温暖降临

我的期盼也许很快就会生根发芽

请不要声张

让我们悄悄注目着她

等待着春天到来的那一日

把我的眼泪带走

雨你尽情地下吧

把我的头发淋湿

把我的衣服淋湿

把我的心也淋湿吧

尽管你救赎不了我枯竭的灵魂

可我不想让任何人看到我的泪水

请把我的眼泪悄无声息地带走

流向小溪

流向湖泊

流向海洋

把不平向世人娓娓诉说

前行需赴汤蹈火

后边是地狱

我又能怎样选择

也许

天降我于尘世

就是让我品尝苦难

非让我本已羸弱的躯体

再承载山的巍峨

等到有一天

推开了压在我身上的魔咒

聚焦了所有人的目光

那时

我再把心中的不平向世人娓娓诉说

白帆点点

只因外公住对岸

曾与大河结缘

为渡过那条河

常常去挤那只帆船

显船了　起锚了　扬帆了

艄公的号子

传了很远很远

后来长大了

离家了

外公也驼背了

我漂泊异乡

再没有机会挤那只帆船

今又莅临大河

河水不再宽

两岸鸡犬相闻

心距竟那么遥远

因为河里没有了木舟

再不需挤那只帆船

外公去了天上

再也不得相见

就像那远去的白帆点点

怀念父亲

白云悠悠秋水寒，落叶如雨催梦残。

一缕尊魂绝尘去，悲催天恸惊云间。

拳握五指渐冰凉，诀别尘世赴黄泉。

牵手扯袖挽不住，黄鹤一去不复返。

千呼万唤人不醒，捶胸顿足恨长天。

生死离别人依依，双目迷蒙皆不见。

节衣缩食淡三餐，从此不再知冷暖。

劳作一世为儿女，儿女长成两鬓斑。

了却生前身后事，看淡人世夕阳残。

溘然一别撒手去，苍松翠柏伴孤眠。

长风含泪来吊孝，黄雀悲鸣立屋檐。

翠竹俯首梨花落，千树万树泪涟涟。

涕泣作雨水成溪，呼号声声震宇寰。

盖棺论定无须评，泱泱慈爱沐心坎。

鞭炮响彻村头里，起椁选在午东南。

瓦碎棺盖心欲裂，慈魂诀别院门前。

笙箫深沉伴哀思，漫空悲歌绕青山。

九曲回肠阡陌路，棺椁压断白麻纤。

长子难立丧杖折，泥土污尽孝衣衫。

天若有情天也悲，泪流成河漫三原。

风吹青杨杨在哭，雨打客舟泪湿帆。

送葬队伍遥相望，柳林摇曳皆成幡。

行行脚印行行泪，灵车无情辙压碾。

雨潇潇，西风残，四野苍凉孤魂断。

坟茔低矮隔生死，封土无情阴阳间。

黄土一抔埋尊骨，白菊一束竟祭典。

叠纸元宝三四两，拢在坟前作盘缠。

彩纸有幸扎作马，轻烟一缕上青天。

再三呼唤人不知，悲到尽处泪始干。

沉痛深过黄河水，哀楚齐于万仞山。

泉流幽咽不得诉，泪洒蓝天作信笺。

恩情能书三百日，砚墨泱泱著万言。

悲恸欲绝纸飞扬，凄吟无力托管弦。

霜打暮秋叶飘零，枯草离离乌云卷。

双目望尽天堂路，遥遥渺茫皆孤烟。

寄小语

风不曾说雨不曾说

你是我的知音

站在离天最近的地方

也无法企及你秋水盈盈的眼神

想一睹你千载难逢的芳容

哪怕短暂得像星星眨眼之间的一瞬

你终究也没有充斥我目里空空

仍然只听微信传递你浅唱低吟

你是温润三月里向晚的风

吹乱了我潮湿的一怀愁绪

又捕获不到你缥缈的影子

你是仲秋夜朗朗的明月

皎洁如水朦胧如纱

照亮了沉睡中的黄昏

你是感觉

让我背负层叠的童稚去触摸春深似海

我迈着慌张的脚步

迎接你载着吉祥满满翩翩来临

你是梦幻

不肯探入我激情四射的心扉

却撩乱了我封存深闺千万年的心纹

你是春讯里呢喃的小语

你是艳阳
你是清露
你是我生命中知遇的
远远站在我前方向我招手的那个人